춤추는 교장선생님

춤추는 교장선생님

아이들이 행복한 뉴질랜드 교실에선
어떻게 가르치는가?

베레나 프리데리케 하젤 지음

이기숙 옮김

솔빛길

살로메에게

|차례|

① 사랑에 빠진 화산

지구 반대편의 금요일 정오. 언덕 위에 넓은 풀밭이 펼쳐져 있고 작고 파란 목조 건물들이 서 있다. 조용하다. 사람이라고는 보이지 않는다. 솜뭉치 같은 구름이 하늘에 걸려 있고 바람이 바다 내음을 몰고 온다. 갑자기 문이 열린다. 아이들이 쏟아져 나온다. 모두 맨발이다. 어떤 아이들은 고무공처럼 통통 튀고, 어떤 아이들은 다리에 납덩이라도 달았는지 발을 질질 끌며 나온다. 그래도 제 속도를 찾아 두 줄로 서서 걸어간다. 또 다른 문이 열리고 쿵쿵대는 발소리와 킥킥대는 웃음 소리와 함께 더 많은 아이들이 나온다. 그렇게 계속 문이 열리면서 아이들이 뛰어나온다. 아이들은 언덕에 있는 가장 큰 건물을 향해 행렬을 지어 걸어간다. 도착하자 땅바닥에 앉는다. 한 여자아이가 친구의 머리를 땋아준다. 몇몇은 서로 실타래처럼 엉켜 바닥에서 뒹군다. 그때 갑자기 선생님이 박자에 맞춰 손뼉을 길게, 짧게, 짧게, 길게, 길게 친다. 아이들이 냉큼 일어나 정렬을 하고 금방 조용해졌다가 노래를 부르기 시작한다. 첫 노래는 사랑에 빠진 화산이 땅 위의 생활을 동경한 나머지 용암을 뿜어낸다는 이야기이다. 그 다음은 아이들 자신에 관한 노래다.

> 타카룽가 테 마웅가(Takarunga te maunga) 타카룽가는 우리의 산.
> 와이테마타 테 아와(Waitemata te awa) 와이테마타는 우리의 강.
> 코 타카푸나 테 훼누아(Ko Takapuna te whenua) 타카푸나는 우리 고장.
> 아네이 응가 타마리키, 오 테 쿠라 오 타카라로, 테나 라 쿠투 카토아(Anei nga tamariki, o te kura o takararo, tena ra koutou katoa) 여기에 있는 초등학생들은 누구든지 환영한다고 말하고 있네.

어릴 적 베를린에서 자랄 때 나는 도시 서쪽에 있는 산에 자주 올라갔다. 이름이 굉장히 흥미로웠다. 토이펠스베르크(Teufelsberg : 악마의 산). 가을이면 아이들은 토이펠스베르크에서 연을 날렸고, 여름에는 비탈을 데굴데굴 굴러 내려갔다. 산꼭대기 풀밭에 누워 하늘을 보면 왠지 내가 숭고하고 고귀해진 느

10

낌이 들었다. 적어도 평소에 아스팔트에서 놀 때보다 더 그런 기분에 빠졌다. 어느 날 나는 토이펠스베르크 산 밑에 세계대전의 잔해가 대량으로 쌓여 있으며, 폭격당한 도시의 파편들을 모아놓을 장소를 찾다가 이 산이 조성되었다는 말을 들었다. 그 후 다시 산꼭대기 풀밭에 누워 장엄한 기분을 느껴보려 했지만, 좀처럼 전 같은 느낌이 들지 않았다.

뉴질랜드의 내로 넥(Narrow Neck)이라는 작은 마을에서 아이들은 사랑에 빠진 화산 노래를 부른다. 내로 넥은 오클랜드 맞은편에 위치한 반도에서 가장 좁은 지역이다. 연락선을 타고 갈 수 있다. 옛날에는 모래톱이었다가 훗날 농지가 되었고 지금은 오클랜드의 교외에 속한다. 그러나 대도시 오클랜드와는 한없이 멀리 떨어진 느낌이 든다. 내로 넥에는 구릉지가 넘쳐난다. 그 안에 파편 더미는 없지만 옛날에는 마그마가 있었다. 전 국토가 태평양을 빙 둘러 알래스카와 남극까지 4만km나 이어지는 불의 고리에 놓여 있다. 이 화산대 아래에는 지각판의 단층선이 있는데, 여기에서 거대한 태평양판과 대륙판이 다른 판들과 만난다. 지구의 다른 곳보다 이 지역에 지진과 화산이 많은 것은 그 때문이다. 오클랜드와 주변 지역만 해도 화산이 50여 개에 달했었다. 이제 그 화산들은 모두 사화산이 되었으나 그 화산들이 폭발했던 화산 지대는 여전히 활동 중이라 이론상으로는 언제라도 새로운 화산이 폭발할 수 있다. 아이들이 노래에서

'우리의 산'이라고 부르는 타카룽가는 2만 년 전에 용암을 내뿜었다. 또 다른 화산의 분화는 겨우 600년 전의 일이다. 그때 산이 많은 섬이 바다에서 생겨났다. 랑기토토 섬이다. 아이들은 매일 아침 해변을 걸어 학교에 갈 때마다 랑기토토 섬을 본다. 학교가 있는 언덕 위에 다다르면 한 남자가 벌써 아이들을 기다리고 있다. 더운 여름날에는 밀짚모자를 쓰고 서 있고, 뉴질랜드에 자주 소나기가 내리는 겨울에는 머리 위로 우산을 받쳐 들고 서 있다. 교장 선생님이다. 그는 아침마다 학생들을 맞아주고 오후에는 작별 인사를 한다. 마치 가깝고 소중한 사람들이 드나드는 집의 주인 같다.

스무 살 중반 무렵 나는 친구 두 명과 함께 세계 여행이 경품으로 걸린 이벤트에 당첨되었다. 우리의 목적지 중 한 곳이 뉴질랜드였다. 첫날부터 너무 오래 먼 길을 여행한 탓에 우리는 밤이 늦어서야 텐트를 쳤다. 우리가 정확히 어디에 있는지도 알지 못했다. 게다가 너무 어두웠다. 유럽에서는 본 적이 없는 어둠이었다. 대신 주변이 개똥벌레들로 환했다. 다음 날 아침 나는 텐트의 지퍼를 열고 진한 초록색의 나무고사리를 바라보며 우리가 직관적으로 가장 멋진 장소를 야영지로 골랐음을 자축했다. 그리고 이틀이 지난 뒤 알게 되었다. 뉴질랜드의 풍경이 전부 그런 모습이라는 것을. 몇 년 뒤 지금의 남편과 사귀면서 데이트를 하던 어느 날 저녁, 나는 그에게 지구 반대편에 있는 이 아름다운 곳에 대해 이야기했다. 어느 날 —— 결혼을 하고 딸을 셋 낳은 뒤였다 —— 우리는 함께 개똥벌레가 있는 곳으로 날아가, 바다에서 100m가량 떨어진 나무 오두막에서 반년을 살기로 결정했다. 랑기토토 섬이 보이는 곳이었다. 여덟 살 먹은 큰딸은 언덕에 있는 학교에 보내고, 작은딸과 막내딸은 작은 유치원에 보내기로 했다.

캠핑 여행, 오래된 숲길 트레킹, 카약 타기를 할 생각에 즐거웠다. 하지만 그 밖의 일상에 대해서는 약간 두려움이 생겼다. 우리 아이들은 영어를 거의 하지 못하는데 잘 적응할 수 있을까?

딸을 학교에 처음 데리고 간 날, 나는 선생님들이 거리에서 아이를 맞아주는 광경을 목격했다. 강당에 들어서니 학생들이 사랑에 빠진 화산 노래를 부르고 있었고, 내 딸을 위해 벽에 독일 국기를 걸어놓았다. 그때 나는 뉴질랜드의 아름다움은 자연에만 있지 않을 거라는 걸 예감했다.

그때부터 몇 달간 나는 언덕에 있는 이 학교에 대해 날마다 놀라움을 금치 못했다. 영어 선생님은 2학년 아이들에게 영국 시인 테드 휴스의 시를 읽어주었고, 수학 선생님은 수업 장소를 해변으로 옮겨 티라노사우루스 렉스*를 실물 크기로 모래에 그렸

● 티라노사우루스 렉스(tyrannosaurus rex) : 지구상에 살았던 육식 공룡 중 최강자로 알려져 있다. 줄여서 '티라노사우루스' 또는 '티렉스'로 부르기도 한다.

다. "이제 모두 공룡 입속으로 뛰어들어!" 이런 말과 함께 선생님은 수학에 더해 체육 수업까지 진행했다. 이 학교에서는 비서가 점심 식사를 하는 동안 학생들이 전화를 받았고, 아이들은 함께 내로 넥 해변에서 쓰레기를 주웠으며, 고학년 학생들은 모퉁이에 있는 양로원을 찾아가 거주자들과 함께 에어로빅을 했다.

둘째 주가 시작될 때 딸은 신발을 집에 두고 맨발로 학교까지 걸어갔다. 딸은 학교에 잘 도착했지만 나는 혼란스러웠다. 내 딸이 이 행복한 작은 섬에 와서 새로운 수업 방식을 시도하는 프로젝트 학교 또는 시범 학교에 다니게 된 것은 우연일까? 나는 부유한 동네와 가난한 동네에 있는 다른 학교들을 찾아가보기 시작했다. 고학년과 저학년의 수업 시간에 교실에 들어가 앉아 있었다. 그랬더니 내가 친구들과 함께 했던 캠핑 여행의 경험이 되풀이되었다. 처음엔 행운처럼 여겨졌던 것이 뉴질랜드에서는 일반적인 일이었던 것이다. 지리적으로 고립되어 있는 이 나라에서는 진귀한 식물계만이 아니라 독특한 교육 시스템까지 발달했다는 생각이 들었다.

우선 1학년 아이들은 한 달 동안 날마다 하늘에 뜬 달을 그린다. 학교에서 우주를 주제로 다루기 때문이다. 6학년생들은 매일 아침 학교가 시작하기 전에 선생님과 해변에서 만나 일출을 관찰하고, 나중에 자신이 본 것에 대해 시를 짓는다. 8학년생들은 산악자전거를 탄 뒤 뉴턴의 법칙을 공부한다. 대학입학 자격시험을 앞둔 졸업반(13학년) 학생들은 48시간을 혼자 숲에서 보내며 외로움을 견디는 법을 배운다.

마라톤을 하기 전에 아주 자연스럽게 명상을 하는 학생들을 보았다. 학교 복도에는 난독증을 극복하고 인생에서 성공한 알베르트 아인슈타인, 존 레넌, 빌 게이츠의 포스터가 걸려 있었다. 자신이 가르치는 학생들의 삶에 변화를 가져올 수 있다고 굳게 믿고, 서로 상대방으로부터 배우기 위해 모든 기회를 이용하는 선생님들도 만났다. 공장식 학습을 극복하고 공감 능력의 발달을 기초 연산만큼이나 중시하는 학교도 보았다. 그리고 나는 정치가, 학자, 교사, 학부모가 함께 지지하는 이상에 의해 교육 시스템이 지탱될 때 어떤 힘이 발휘되는지를 경험했다. "뉴질랜드의 교육 시스템은 매력적이에요." 멜버른 대학의 교육학 교수이며 영국 일간지 《타임스》에서 현재 가장 영향력이 큰 교육 연구가로 꼽은 존 해티(John Hattie)도 이렇게 말했다. 전 세계 교육 시스템의 미래 적합성을 측정하는 '세계 미래대비 교육지수(Worldwide Educating for the Future Index)'에서 2017년에 뉴질랜드가 1위에 올랐다. 우리 아이들도 21세기의 도전에 적절히 준비할 필요가 있지 않을까?

몇 달이 지난 뒤에 둘째 딸이 학교에 들어갔다. 다섯 살인 둘째가 얼마 전부터 글자에 부쩍 관심을 보이기에 나는 교장 선생님에게 이메일을 보냈다. 몇 시간 뒤 답장이 왔다. 딸을 환영한다는 내용이었다. 슐튀테*를 준비할 필요가 없었고 열띤 기대감이 생길 여지도 없었다. 뉴질랜드에서 학교 입학은 특별할 것 없는 자연스러운 일이었다. 아이들은 1년 내내 어느 때고 1학년에 들어갈 수 있었다. 오페라 음악을 들으며 교실을 청소했고, 초콜릿을 먹으며 처음으로 학문적인 에세이를 작성했으며, 지우개는 필통에서 쫓겨났다. 선생님들은 실수가 창피함을 한가득 안고 없애버려야 할 것이 아니라고 말하곤 했다.

그 밖에 내가 귀가 닳도록 들은 단어가 있다. '가족적 연대감' 또는 '동류의식'을 뜻하는 마오리 말 화나웅아탕아(whanaungatanga)다.

2005년에 「팅고의 의미(The Meaning of Tingo)」라는 작은 책이 출간되었다. 책에는 영어에 존재하지 않는 단어들의 의미가 설명되어 있다. 페르시아 말 '나쿠르(nakhur)'는 콧구멍을 간질여야 젖을 내는 낙타를 가리키고, '무카무카(むかむか)'는 토할 정도로 화가 치미는 상태를 뜻하는 일본어다. '팅고(tingo)'는 이스터 섬 사람들이 쓰는 말로, 친구에게 아무것도 남지 않을 때까지 물건을 하나씩 계속 빌려 가고 돌려주지 않는 상황을 말한다.

어느 지역의 문화를 이해하려면 번역 불가능한 그곳의 낱말을 연구해야 한다고 살만 루슈디(Salman Rushdie)가 쓴 적이 있다. 화나웅아탕아도 그런 낱말의 하나다. 이 말은 뉴질랜드 원

- 슐튀테(Schultüte) : 독일에서 부모가 초등학교에 입학하는 자녀에게 주는 선물 꾸러미. 원뿔 모양의 주머니에 각종 먹을거리와 학용품을 넣어 준다.

주민인 마오리족의 언어인데, 영어에도, 프랑스어에도, 독일어에도 대응하는 단어가 없다. 이 말과 연관된 개념이 서구 세계에서는 낯설고 기껏해야 희미한 그리움으로만 존재하기 때문이다. 마오리족에게 화나웅아탕아는 중요한 개념이다. 이 말은 세 개의 단어로 구성되어 있는데 의미하는 바가 서로 비슷하다. '화나우(whanau)'는 가족이라는 뜻이고, '-응아(-nga)'는 확대된 가족을 말하며, '-탕아(-tanga)'는 관계와 연관된 모든 것을 가리킨다. 따라서 화나웅아탕아는 가족의 확장이나 강화, 또는 세 겹으로 뭉쳐진 연대감을 가리키는 말이라고 할 수 있다. 개인은 더 큰 조직에 동화될 때만이 만족스러운 삶이 허락된다는 확신이 이 낱말의 기저에 깔려 있다. 구체적으로 화나웅아탕아는 타인을 돌보고 보살핀다는 뜻이다. 타인의 운명이 자신의 운명과 불가분의 관계로 얽혀 있다고 믿기 때문이다.

내로 넥에 있는 학교는 화나웅아탕아를 교훈으로 정했다. 효과는 날마다 나타나고 있다. 3종 경기를 하는 아침에 자전거가 없는 내 딸에게 자전거를 가져다준 여학생이 화나웅아탕아다. 수업 시간에 들어와 선생님을 돕는 학부모도 화나웅아탕아다. 같은 반 친구가 화학 요법 후 머리카락이 빠졌다며 자신도 머리를 박박 깎은 남학생들 역시 화나웅아탕아다.

우리가 다시 베를린에 돌아왔을 때 딸은 등교 첫날에 맨발로 학교에 갔다. 그러나 학교에서는 딸에게 맨발 등교를 금지했다.

이웃 주민들이 이따금 유리병을 담장 너머로 던지는 바람에 깨진 병 조각들이 학교 마당에 널려 있었다. 전에 조성한 화단에는 남아 있는 것들이 많지 않았다. 그곳에서 자라는 식물을 누가 뽑아버린 것이다. 어느 날 오후 딸은 한 남학생이 어느 여선생님이 죽었으면 좋겠다고 했다는 말을 들려주었다.

내 딸이 다닌 학교는 결코 문제가 많은 학교가 아니었다. 오히려 대단히 좋은 학교였고 인기도 많았다. 그 당시 교장 선생님은 학부모와의 대화에서, 다른 학교는 상황이 훨씬 더 심각하다고, 필요한 곳에 쓸 돈이 충분하지 않다고 말했다.

교장 선생님 말이 맞다. 둘 다 맞는 얘기다. 돈이 많아서 나쁠 것은 없다. 그리고 상황은 갈수록 나빠지고 있다. 그러면 어떻게 해야 나아질까? 이 책에서는 이 문제를 다루려고 한다. 구걸 편지와 탄원서 같은 것들은 넘치도록 많다. 나는 좋은 학교에 대한 꿈이 어떻게 실현될 수 있는지를 보여주고 싶다.

②

'카인드니스(kindness)' 요리법

디지털 칠판 바로 옆에 기타가 벽에 기대어 세워져 있고, 창문에는 아이들이 만든 로봇이 붙어 있다. 로봇 옆에는 아이에 관해 많은 것을 알려주는 글이 적혀 있다. "틸다의 로봇은 버릇없이 구는 아이에게 벌을 줘요." "로비의 로봇은 로비가 넘어지면 도와줘요." 교실을 가로질러 아이들 머리 위에 줄이 걸려 있고 거기엔 그림이 매달려 있다. 모두 자기 아버지를 그린 그림이다. 아버지가 적어도 종이에서나마 옆에 있다는 건 여기에 앉아 있는 1학년생들이 느낄 분리의 아픔을 줄여준다(특히 뉴질랜드에서는 대다수 아이들이 5세에 학교에 들어간다).

이날 선생님은 아이들과 함께 알파벳 K를 공부한다. K-k-k. 아이들이 글자를 소리 내어 읽고 허공과 바닥과 옆에 앉은 짝꿍의 등에 그린다. 선생님이 K로 시작하는 낱말을 불러준다. K는 카인드니스(kindness)에 있는 것처럼 발음해요. 친절보다는 많고 사랑보다는 적은 게 카인드니스예요. 하지만 이걸 어떻게 가르칠까? "오늘은 여러분과 함께 카인드니스 요리법을 적어볼 거예요." 선생님이 말한다. "카인드니스를 구워 먹는 음식이라고 생각해보세요. 여기에 무슨 재료를 넣어야 할까요?"

"나눔이요." 한 아이가 말한다.

"배려요." 다른 아이가 말한다.

나눔과 배려. 이 낱말은 어떻게 적을까요? 아이들이 낱말을 적으면 선생님이 틀린 글자를 고쳐준다.

중간에 주의가 흐트러지면 선생님은 짧은 막간극을 한다. "당장 일어나!" 선생님이 호령한다. 아이들이 킥킥대며 웃는다. "이건 다정한(kind) 것일까요?" 선생님이 묻는다. "아니요!" 아이들이 큰 소리로 외친다. 선생님이 고개를 끄덕이며 다시 말한다. "일어나서 저기에 있는 책을 내게 가져다주겠니? —— 이런 게 다정한(kind) 태도예요."

아이들은 카인드니스 요리법에 계속 재료를 추가한다. 그러면서 맞춤법뿐만 아니라 수와 도량의 단위도 배운다. 사랑 100잔, 멋짐 8찻숟갈, 공손함 99방울. "이걸로 충분해요? 공손함 3방울을 더 넣으면 몇 방울이 될까요?" 선생님이 묻는다.

나는 교실에서 사방을 둘러본다. '나만의 책 만들기(Make your own book)'. 종이와 연필과 꺾쇠박이가 들어 있는 큰 서랍 위에 이렇게 적혀 있어서 아이들은 언제라도 책을 만들 수 있다.

그 옆에는 스툴이 있다. 위엄 있는 붉은색에 금빛 왕관 장식이 달려 있고 구불구불한 글씨로 'Writer'라고 적혀 있다. 아이들이 자신이 쓴 글을 낭독할 때 앉는 의자다. 이야기를 듣고 난 뒤에 아이들은 선반에 쌓여 있는 큰 주사위를 가지고 와 던진다. 주사위에는 6개의 숫자가 아니라 6개의 질문이 있다. "이야기의 주제는 ___이에요." "나는 ___이/가 마음에 들지 않았어요." "주인공에게 무슨 일이 일어났나요?" "여러분은 주인공에게 무엇을 물어보고 싶어요?" "여러분에겐 어떤 비슷한 일이 일어났었나요?" "여러분은 이야기 중에서 어느 부분을 바꾸고 싶어요?" 교실 한구석에서 갈색 포장지로 만든 키 큰 나무가 벽을 따라 높이 자라고 있다. 나뭇가지에는 아이들이 제 이름을 적은 환한 녹색 나뭇잎이 붙어 있다. 그 옆에는 아이들 전원이 서명한 교실 협약이 걸려 있다. 그중 한 조항의 내용은 이렇다. '나는 새로운 것을 시도해볼 것을 약속합니다.'

이웃 교실에서도 비슷한 나무가 자란다. 단지 아이들 이름이 알록달록한 종이꽃에 적혀 있다는 게 다르다. 이곳에도 교실 협약이 걸려 있다. 교실 안의 물건에는 2개 언어로 이름을 적어놓았다. 벽시계 옆에는 'clock'과 마오리 말인 'karaka'가 적혀 있다. 방금 선생님이 1학년생들에게 화가 난 개똥벌레 이야기를 들려주었다. 아이들은 어떻게 하면 개똥벌레의 화를 풀어줄 수 있을까 고민한다. 한 남학생이 꽃을 선물하자는 아이디어를 내고 곧장 F–L–W–R라고 쓴다. 선생님이 F–L–O–W–E–R로 고쳐준다.

한 여학생은 개똥벌레한테 핫 초콜릿(hot chocolate)을 사주자고 제안한다. 이 중요한 낱말은 'k'로 적지 않는다는 걸 아이들에게 말해줄 좋은 기회다. 아이들의 마지막 묘안은 이렇다. "개똥벌레를 칭찬해주면 돼요." 칭찬(compliment). 모두 이 말이 멋있다고 생각하고 낱말 항아리에 넣기로 결정한다. 아이들은 낱말 항아리를 나무처럼 그렸다. 장식을 잔뜩 넣어 치장하고 벽에 고정한 뒤 보관하고 싶은 낱말들을 모두 그 안에 붙여 넣었다.

다음 교실에는 열두 달의 이름을 적은 열두 송이 꽃이 벽에 붙어 있고, 그 주위로 아이들 이름이 적힌 벌이 날아다닌다. 사반나는 6월을 향해, 폴은 12월을 향해, 각자 자신이 태어난 달을 향해 날아간다. 다른 쪽 벽에서는 공룡이 아이들을 바라본다. 조금쯤 두려움을 일으킬 만큼 거대하지만, 옆에 있는 곰 인형들이 더 크다. 곰 인형들은 브레멘 음악대처럼 서로 어깨에 올라타 있다. '너는 공룡보다 크니, 아니면 작으니? 너는 곰 인형 몇 개만큼 크니?' 그곳에 적혀 있는 글이다. 이 반 아이들은 지금 절지동물을 공부하는 중이다. 독일의 초등학교 1학년생들은 거의 알지 못하는 낱말이지만 이곳에서는 벌써 몇 주 전부터, 그것도 과목마다 동물을 다루고 있다. 아이들이 독서한 책에는 잠자리가 나오고, 계산 문제가 나오는 수학에서는 벌을 다루고, 음악 시간에는 곤충 노래를 짓는다. "다리 여섯 개, 가슴, 배,……." 선생님은 수업 분위기에 변화를 주려고 중간에 절지동물 퀴즈를 낸다. "나는 갈색이거나 빨간색이고, 너를 꼬집을 수 있어."(답: 게) 오늘 아이들은 마법의 딱정벌레나 초능력 파리 같은 자기만의 절지동물을 상상하고, 그 동물에 자신이 원하는 모든 능력을 입힌다. 아이들 소리가 너무 커 시끄러워지면 선생님이 "얼음."이라고 말한다. 그러면 아이들은 얼음덩어리처럼 굳어진다. 선생님이 "땡."이라고 말하면 아이들은 킥킥 웃으며 다시 몸을 풀지만 전보다 훨씬 조용해진다.

10시가 되면서 1학년 아이들은 거미, 개똥벌레, 카인드니스 공부를 중단하고 대형 야외 갤러리처럼 생긴 학교 마당으로 나간다. 회색 담장 같은 건 없다. 그 대신 정성 들여 만든 아이들의 예술 작품이 있다. 알록달록하게 색칠한 수많은 타일로 거대한 모자이크 벽을 만들어놓았다. 타일마다 그려놓은 얼굴이 달랐다. 피부색은 하얗거나 검었고, 얼굴엔 주근깨가 있거나 안경을 썼다. 한 학급 아이들이 모두 제 얼굴을 그렸다는 걸 나는 가까이 다가가서야 알아보았다. 마당 후면에는 학교 도서관이 있다. 학생들이 운영하는데, 쉬는 시간에 여기에 앉아 책을 정리하고 빌려주는 아이들의 사진과 이름이 화려한 붉은색 액자에 끼워져 있다. 마당 모퉁이에는 유리 상자가 있다. 아이들이 이따금 모이는 장소다. 학교에서 인도네시아 오랑우탄 세로야에 관한 새로운 소식을 그곳에서 알려주기 때문이다. 최근에는 동물 보호 단체에서 구조했을 때 세로야가 왜 그렇게 아팠는지 드디어 알게 되었다는 공지문이 유리 상자에 나붙었다. 전 소유자가 먹이로 오직 감자칩만 주었다는 것이었다. 이제 세로야는 낭종

23

을 제거해야 한다고 한다. 오랑우탄 소식은 으레 그렇듯 아이들의 마음을 단단히 사로잡는 뉴스다. 그래서 1학년생들까지 포함해 모든 아이들이 공지문에 적힌 낱말을 해독하려고 애를 쓴다.

이제부터 아이들은 책을 읽지 않고 몸을 움직인다. 1학년생들은 매일 아침 30분씩 함께 운동을 한다. 작은 주머니를 동그란 원 안에 던져 넣고, 공을 다리 사이로 굴려 뒤로 보내고, 마지막에는 큰 음악 소리에 맞춰 춤을 춘다.

반면에 이제 막 캠핑 여행에서 돌아온 5학년생들은 조용히 교실에 앉아 있다. 여행의 주제는 생물의 다양성이었다. 뉴질랜드에서는 매우 중요한 문제다.

8,500만 년 전 뉴질랜드가 고유의 특성을 가지게 된 과정이 시작되었다. 오늘날 뉴질랜드라고 부르는 땅덩어리가 당시 곤드와나 대륙*에서 갈라져 나오면서 이곳에는 지구의 나머지 지역과 전혀 다른 동물과 식물이 생겨났다. 공룡이 멸종한 뒤 지구 곳곳에 포유동물이 퍼지고 이내 동물계를 지배했지만, 뉴질랜드에는 3종의 박쥐를 제외하면 포유동물이 하나도 없었다. 그 결과 유럽 대륙과 아메리카 대륙에서 포유동물에 희생된 무력하고 나약한 동물들이 완전히 자유롭게 퍼져나갈 수 있었다. 메뚜

- 곤드와나(Gondwana) 대륙: 현재 남반구의 땅 전체를 포함하던 과거의 대륙. 남극, 남아메리카, 아프리카, 마다가스카르, 오스트레일리아, 뉴기니, 뉴질랜드를 비롯해 아라비아 반도와 인도 아대륙을 포함한다. 오스트리아 지질학자 에두아르트 쥐스가 인도 중부의 지명을 따서 이름을 만들었다.

기 종의 하나인 자이언트 웨타(Giant Weta)는 몸무게가 생쥐만 했고, 날개가 없는 모아(Moa) 새는 키가 3m에 달했으며, 키위 새는 나는 법을 잊어버렸다. 땅에서 포식자가 노리고 있지 않은 데 굳이 날려는 노력을 하겠는가?

수백만 년에 걸쳐 형성된 이 희귀 동물의 낙원은 약 800~1,000 년 전에 위험한 육지 포유동물이 뉴질랜드를 발견하면서 급격히 혼란스러워졌다. 그 포유동물은 다름 아닌 인간이었다. 처음에 는 폴리네시아에서 마오리족이 왔다. 그들은 모아 새를 단기간 에 몰살했다. 250년 전에는 영국인들이 그 뒤를 따랐다. 제임스 쿡[●]이 탄 인데버 호가 닻을 내렸을 때, 함께 배를 타고 온 식물학 자 조지프 뱅크스[●●]는 자신이 새벽에 시끄러운 새소리에 잠이 깼 다고 기록했다. 지금도 오클랜드에 도착하면 공항에서 새소리가 들리지만, 그건 녹음테이프에서 나오는 소리다. 인간이 이곳에 들어온 뒤부터 뉴질랜드에서는 새의 수가 크게 줄었다. 적어도 50여 종은 완전히 멸종했다. 그 책임은 인간만이 아니라 인간이

● 제임스 쿡(James Cook, 1728~1779): 영국의 탐험가, 항해가, 지도 제작자. 태 평양을 항해하는 동안 남극 대륙의 빙원에서 베링 해협까지, 북아메리카 해안 에서 오스트레일리아와 뉴질랜드까지 탐험했다.

●● 조지프 뱅크스(Joseph Banks, 1743~1820): 잉글랜드의 박물학자, 식물학자. 제임스 쿡 선장의 제1차 항해에 참여해 브라질, 타히티, 뉴질랜드, 오스트레일 리아를 돌아다녔다.

데리고 온 작은 포유동물에게도 있다. 개, 고양이, 토끼, 쥐, 고슴도치는 모두 뉴질랜드의 새와 알을 사냥한다. 그래서 꽃과 꿀 냄새를 풍기는 카카포 앵무새는 어느덧 매우 희귀해졌다. 키위 새도 마찬가지다. 키위는 굼뜨고, 날지 못하고, 눈이 거의 보이지 않아 위풍당당한 독수리와는 정반대이지만, 암암리에 뉴질랜드의 국가 동물이 되었다. 유일무이하고 민감한 이 나라의 특성을 상징해서일 것이다. 동물 종 말살의 중지가 뉴질랜드인들에게는 중차대한 문제다. 공공 단체에서 생물의 안전을 감시하고 공항에서 엄격한 통제를 실시하고 있다. 새의 안전한 번식지를 마련하기 위해 일부 연안 섬에서는 포유동물의 반입을 금지했다. 많은 사람들이 자기 개를 데리고 '키위 회피' 강좌를 듣는다. 개한테 키위 새를 사냥하지 않는 법을 가르치기 위해서다.

야생에서 한 번쯤 키위 새를 보는 게 많은 뉴질랜드인들의 소원이다. 그러나 쉽지가 않다. 이 겁 많은 녀석들은 어둠이 몰려오고 나서야 둥지에서 걸어 나와 긴 부리로 땅을 헤집어 지렁이를 찾는다. 그래서 생물의 다양성을 공부한 캠핑 여행에서 학생들은 키위 새를 보려고 특별히 야간 하이킹을 했다. 그러나 보지 못했다. 대신 한 동굴에서 자이언트 웨타를 발견했는데, 이것도 지금은 개체 수가 많지 않다. 다음 날 학생들은 나뭇잎과 솔방울과 식물의 줄기를 엮어 만다라*를 만들었다. 선생님은 이들을 위해 자연을 이용한 빙고 게임을 했다.(예 : (1) 부서진 것, (2) 연약한 것, (3) 둥근 것, (4) 동물이 씹어 먹은 것을 자연에서 찾으

시오.) 이제 학생들은 그때의 체험을 글로 적고 있다.

2학년 반에서는 아이들이 제 손의 윤곽을 종이에 그리고 손 모양대로 잘라낸다. 수업의 주제는 접촉이다. 학생들은 각자 어떤 종류의 접촉을 좋아하는지 글로 적는다. 한 남자아이가 다음과 같이 쓴다. "나는 야스퍼스의 여동생이 나를 안아주거나 아빠가 내 등을 쓰다듬어줄 때가 좋다." 반면에 이렇게 쓰는 아이도 있다. "다른 애들이 나를 연필로 찌를 때는 싫다." 아이를 당황스럽게 하는 접촉도 있다. 예를 들면 "내가 모르는 사람이 내 머리를 쓰다듬을 때"가 그렇다. 이 연습의 목적은 맞춤법 공부다. 접촉(touch)에 대해 글을 쓰려면 아이들은 'touch'라는 단어에 'ou'가 들어간다는 것을 알아야 한다. 그러나 이 연습은 자기 인식의 과정이기도 하다. 접촉을 주제로 글을 쓰게 되면 나 자신의 경계는 물론이고 타인의 경계에 대해서도 배우기 때문이다. 최근에 아이들은 개개의 감정과 신체적 특성을 연결해 감정 연감을 만들었다. 그 결과물이 벽에 걸려 있다. 예를 들어 긴장은 양손을 주무르는 행동이나 잦은 딸꾹질을 통해 알 수 있다. 그 옆에는 "말로 하지 말고, 보여줘."라는 글귀가 적혀 있다. 선생님은 아이들이 작문에서 단순히 감정의 이름을 거명만 하지 않고,

---

● 만다라(mandala): 원래는 밀교에서 발달한 상징의 형식을 그림으로 나타낸 불교화를 말한다. 대중적으로는 둥근 원을 중심으로 대칭적인 문양이 반복되는 그림을 말한다.

읽는 사람이 그 감정을 스스로 알아챌 수 있도록 감정의 징후를 훌륭히 묘사하기를 바란다. 이런 식으로 감정에 대해 사고하면 텍스트의 질은 물론이고 감정 지능에도 좋은 영향을 끼친다.

문을 몇 개 더 지나가면 4학년 교실이다. 선생님이 학생들에게 소리 내어 글을 읽어준다. 완성된 이야기가 아니라 텍스트의 시작 부분이다.

"멈춰. 멈춰. 멈춰."

"너는 알고 있었니?"

"한번 상상해봐."

"12분. 이 짧은 시간이 지나면 비닐봉지는 벌써 쓰레기통에 들어간다."

"골치 아픈 플라스틱."

이 문장은 모두 학생들의 에세이에 적힌 것들이다. 학생들은 플라스틱 쓰레기에 반대하는 글을 써야 한다. 하지만 그 전에 자료 조사부터 한 뒤 설득력 있게 논증하는 방법에 대해 선생님과 이야기를 나눈다. 그러는 가운데 학생들은 시작이 무척 중요하다는 것을 알게 되어 첫 문장들을 함께 들여다본다. 얼마 후 선생님이 손뼉을 치며 말한다. "하지만 이론만으로 뭔가에 반대하는 것은 충분하지 않아요. 우리의 행동도 달라져야 해요." 선생님이 아이들에게 도시락 통을 열라고 한다. 그리고 함께 생각한다. 그레놀라 바의 포장을 안 할 수는 없을까? 이 오이는 정말 비닐 랩으로 싸야만 할까? "중요한 건 여러분이 뭔가 잘못했다

28

는 게 아니라 더 낫게 만들자는 것이에요." 선생님은 이렇게 말하고 아이들을 맞은편 교실로 보낸다. 한 어머니가 다리미, 밀랍양초, 옷감을 가지고 기다리고 있다. 아이들은 옷감을 고르고, 양초를 으깨고, 옷감 위에 양초 부스러기를 뿌리고, 그 위에 베이킹 페이퍼를 놓고 다리미질을 시작한다. "이 다리미는 얼마나 뜨거워질까?" "왜 밀랍과 얼음은 녹는 온도가 다를까?" 아이들의 질문이 화학 선생님을 행복하게 만든다. 수업이 끝나면 아이들은 새로운 화학 지식과 더불어 스스로 만든 밀랍 수건까지 집으로 가져간다. 이제부터는 도시락 통에 있던 비닐 랩 대신 밀랍 수건을 사용할 것이다.

3학년 학급에서는 아이들이 영화를 보기 위해 방금 교실 바닥에 자리를 잡고 앉았다. "어쩌면 영화를 보는 중간에 어려운 단어들이 쏟아져 나올 수도 있어요." 선생님이 이렇게 말하고 잠시 멈춘다. "잠깐! 영화를 보는 중간에 뭐가 쏟아져 나올 수도 있다고 했죠?"

아이들 뒤쪽 벽에는 의인법, 알레고리, 은유법, 의성법 등 수사법을 적은 목록이 붙어 있고, '슬프다', '친절하다', '예쁘다'의 수많은 유의어도 쓰여 있다. "나는 여러분이 흥미로운 낱말을 사용하면 좋겠어요!" 선생님은 그 옆에 이렇게 적어놓고, 'i'로 시작하는 어려운 낱말 하나를 붙여놓았다. '진실함(integrity)'이었다. '보는 사람이 없어도 옳은 일을 한다'는 의미의 낱말이다.

이제 시작되는 영화에서는 생태계가 무엇인지 아이들에게 설명한다. 생태계는 생물이 생존하기 위해 서로 의지하며 살아가는 공동체다. 이를 위해 생물은 항상 변화하는 조건에 적응해야 한다. 그리고 나머지 세계와도 끊임없이 소통해야 한다.

7세 아이들에게는 어려운 주제다. 선생님은 영화를 잠시 중단한다. 적응한다는 것, 이건 과연 무엇을 말하는 걸까? 아이들은 이야기 친구와 함께 이 문제를 논의해야 한다. 누가 이야기 친구(talk buddy)가 되는지는 매주 선생님이 새로 정한다. "아이들이 너무 단순하게 생각하지 않고, 나아가 친한 친구들하고만 이야기하지 않게 하기 위해서예요." 선생님이 내게 말한다. 칠판에는 CD 플레이어에 있는 것 같은 기호들, '중지', '일시 중지', '시작'이 붙어 있다. 선생님이 집게손가락을 '시작'에 갖다 댄다. 아이들이 둘씩 짝을 지어 이야기를 시작한다. 이야기를 그쳐야 할 때는 선생님이 '중지'를 누른다. 이제 아이들은 자신이 알고 있는 생태계에 대해 함께 이야기를 나눈다. 숲을 예로 들어보자. 뉴질랜드는 전 국토의 29%가 숲이다. 이곳 사람들은 뉴질랜드의 나무를 숭상한다. 뉴질랜드의 한여름인 성탄절이 되면 빨간 꽃이 활짝 피는 포후투카와(Pohutukawa)와, 유일한 야자수 종으로 국토 남단부에서 자라는 니카우(Nikau)가 그런 나무다. 세계에서 가장 나이가 많은 나무 중의 하나이며 키가 거대하기 이를 데 없는 카우리(Kauri) 나무도 있다. 이 나무들이 어떤 정서적 의미를 가지고 있는지는 해당 나무들이 각각 고유의 이름을 지니고 있다는 데서 알 수 있다. 그래서 주말에 무얼 했느냐는 질문에,

마치 친한 친구라도 되듯이 타네 마후타(Tane Mahuta)에게 갔었다고 대답하는 건 지극히 정상이다. 사실 타네 마후타는 수령 2,000년의 카우리 나무다. 마오리족은 옛날에 이 나무가 아버지인 하늘과 어머니인 대지를 떼어놓으면서 빛이 대지를 비추게 되었다고 믿는다. 하지만 키가 51m인 타네 마후타와 카우리 숲 생태계 전체는 어느덧 위기에 처해 있다. 국토 곳곳에서 거대한 나무들이 죽어간다. 원인은 아주 작은 곰팡이 포자다. 아마 다른 나라에서 묻어와 자동차 타이어와 신발 밑창에 붙어 있다가 옮았을 것이다. 그래서 지금은 카우리 숲에 들어가려면 그 전에 신발을 살균 스프레이로 소독해야 한다.

뉴질랜드에서는 총 70개 이상의 독특한 생태계가 확인되었다. 내가 보기에 이 나라 전 국토는 그 어느 곳보다 생명의 근원에 가까운 고유의 생태계 같다. 뉴질랜드 도마뱀의 일종인 투아타라(Tuatara)와 가장 가까운 동물은 이미 6,000만 년 전에 사멸했다.

종이 울린다. 수업이 끝나면서 아이들이 일어난다. "기다려요." 선생님이 말한다. 얼굴이 진지하다 못해 엄숙하다. "이 교실과 이 학교에 있는 우리도 하나의 생태계예요. 우리는 배우는 사람들의 공동체이고, 한곳에 속해 있고, 서로에게 필요한 사람들이에요. 앞으로 내가 여기에 없는 날이 오게 되면 여러분은 그 상황에 적응해야 해요. 여러분에게 뭔가를 가르쳐줄 다른 사람을 찾거나 스스로 배워야 해요."

아이 몇 명이 항의한다. 좋아하는 선생님이 어느 날 없어진다고? 선생님이 웃으며 말한다. "그 방법은 내가 여러분에게 미리 가르쳐줄 거예요. 약속할게요."

수업이 끝난 뒤 나는 조금 더 교실에 머무른다. "무엇이 놀라운가요?" 창문에 큰 글자로 적혀 있다. 그 옆 벽에는 한 아이가 매번 선별해서 적는 금주의 유머와, 선생님이 그 구성 성분으로 쪼개놓은 복합어들이 붙어 있다. 예를 들어 복합어 un-grate-ful을 선생님은 그 구성 성분인 접두사, 어근, 접미사로 쪼갰다. 구석에는 갈색 종이에 적은 편지가 걸려 있다. 옛날에 쓴 것처럼 구겨져 있다. 식사의 질이 나쁘고, 부상당했고, 고향에 가고 싶고, 많이 두렵다는 내용의 편지다. 학생들은 얼마 전 역사 시간에 전쟁에 대해 배운 뒤, 자신이 군인인 양 이 편지들을 썼다.

다른 쪽 구석에는 큰 사진이 걸려 있다. 아이들이 대부분의 시간을 보내는 생태계를 찍은 것이다. 바다, 모래톱, 해변의 바위와 돌과 게와 물결 모양의 단단한 모래가 보인다. 바닷물이 사라져도 모래는 그대로 남아 있다. 모래톱은 아이들의 생태계 탐험의 출발점이었다. 처음에는, 창문에 적혀 있는 글 그대로, 놀라움의 연속이었다. 아이들이 좋아하는 바다는 왜 어떤 때는 생겼다가 어떤 때는 사라질까? 사진을 빙 둘러 붙어 있는 쪽지에는 아이들이 몇 달 전 처음 해보았던 추측들이 적혀 있다. "비 때문이야." "날씨가 물을 증발시켜서 그래." "달 때문이야." "뭔가 자력

32

하고 관계가 있어." 이런 쪽지도 붙어 있다. "마법이야." 이제 학생들은 밀물과 썰물의 이유를 알고 있다. 그래도 마법일 수 있다는 생각은 여전히 남아 있다. 칠판 위쪽에는 누구나 볼 수 있게 이런 글이 적혀 있다. "실수는 네가 사고한다는 것을 보여준다."

③
글자를 사랑하는 법을 배운다

선생님이 날렵한 손놀림으로 작은 책상 위에 수건을 편다. 칠판 아래에 있는 앞쪽 책상이다. 주말 동안 흐트러지고 뺨은 발그레해진 1학년생들이 몰려 들어오기까지는 잠깐이나마 아직 시간이 있다. 초록색 수건엔 금색 별들이 그려져 있다. 아침 햇살이 큰 창문으로 쏟아져 들어오니 별들이 반짝거린다. 선생님이 수건을 잡아당겨 반반하게 펴는 순간, 첫 번째 학생이 팔에 코알라 인형을 안고 들어온다. 아이는 인형을 마지막으로 꼭 안은 뒤 수건으로 장식된 책상에 내려놓는다. 같은 의식이 반복된다. 아이들이 계속 들어오면서 책상에 뭔가를 내려놓는다. 키위, 기사 피규어, 그리고 키스라는 이름의 초콜릿 등이다.

코알라(Koala)의 K, 기사(Knight)의 K, 키위(Kiwi)의 K, 키

스(Kiss)의 K. 각 물건은 지금 선생님이 칠판에 적는 글자 K와 관련된 것이다. "K로 시작하면서 여러분에게 중요한 물건을 갖고 오세요." 선생님이 내준 숙제였다. 책상이 아이들의 소중한 물건으로 가득하듯이, 교실은 지금 글자 K에 관한 이야기로 가득하다.

독일의 1학년생들은 학기 초가 되면 무엇보다 글자를 올바로 쓰는 법을 배우지만, 뉴질랜드 아이들은 일단 글자를 사랑하는 것부터 배운다. 글자 B를 공부할 때 선생님은 고집 센 빨간 풍선(Ballon) 이야기를 들려준다. 풍선은 남자아이가 가는 곳마다 따라다닌다. 책을 읽고 나면 아이들은 직접 빨간 풍선을 하늘로 날리고 자기 것이 어디로 날아가는지 글로 적는다. 글자 I를 배울 때는 선생님이 단어 아이스크림(Ice Cream)을 대문자로 포스터에 쓰고, 아이스박스에 아이스크림을 가득 채우고, 학교 마당으로 난 1층 창문을 연다. 아이들은 일렬로 서서 글자 I와 함께 하는 공부가 얼마나 맛있는지를 체험한다. 아이들은 아이스크림을 손에 들고 머리에 떠오르는 단어를 말한다. '맛있다'라는 말이 자연스럽게 나온다. 그러나 선생님은 더 많은 낱말이 나오기를 기대한다. 아이들은 '향기롭다', '풍미가 있다', '구미가 당긴다' 같은 색다른 표현도 외친다. 선생님은 이 낱말들을 큰 종이에 적고 그것을 아이스크림 가게로 변신한 교실 창문에 광고 포스터처럼 붙인다. 아이스크림을 먹으며 이 낱말들을 관찰하는 아이들은 이 말들이 지금 자신의 입에서 사르르 녹아내리는 기쁨을 표현한다는 것을 알게 된다. 글자 쓰기의 의미를 생각하는 게 여전히 어려울까?

문자 언어의 발견을 가장 감동적으로 묘사한 사람은 헬렌 켈러의 스승인 앤 설리번일 것이다. 헬렌 켈러는 1880년 미국에서 태어났다. 시각 장애와 청각 장애와 언어 장애가 있던 그녀가 어릴 적 세상의 모든 사물에 이름이 있다는 것을 이해한 순간을 설리번은 다음과 같이 묘사한다. "[나중에]우리는 펌프가 있는 곳으로 갔다. 나는 헬렌에게 컵을 펌프 주둥이에 갖다 대게 하고 펌프질을 했다. 차가운 물이 쏟아져 나와 컵을 채웠을 때 내가 헬렌의 손바닥에 w-a-t-e-r라고 적었다. 손 위로 차가운 물이 쏟아지는 걸 느끼자마자 뒤따라온 낱말에 헬렌은 깜짝 놀란 것 같았다. 헬렌은 컵을 떨어뜨리고 얼어붙은 듯이 서 있었다. 전혀 새로운 빛이 그녀의 얼굴 표정을 변모시켰다. 헬렌은 water의 철자들을 여러 번이나 적었다. 그리고 웅크리고 앉아 흙을 만지며 이름이 뭐냐고 물었다. 그녀는 펌프도 가리키고 울타리도 가리켰다. 그러더니 갑자기 몸을 돌려 내 이름을 물었다. 나는 그녀의 손에 teacher의 철자를 적었다. (……) 돌아오는 내내 헬렌은 무척 흥분해서 모든 사물의 이름을 물었다. (……) [다음 날 아침,] 헬렌은 명랑한 요정처럼 일찍 일어났다. 한 사물에서 다른 사물로 날아다니며 각각의 이름을 묻고는 기뻐 어쩔 줄 모르며 내게 키스했다. (……) 이젠 모든 사물에 이름이 있지 않으

36

면 안 될 것 같았다."

쓰기는 말하기와 더불어 사람들 간의 가장 중요한 의사소통 방식이기 때문에, 아이들을 어떻게 쓰기로 이끄느냐 하는 것은 전 세계 모든 학교에서 중대한 문제다. 독일에서 자주 사용하는 방식은 선 그리기와 받아쓰기다. 개인적인 글쓰기는 고작 학기 초에 진행되는 글짓기 시간에 가장 신났던 방학 체험을 기술할 때나 가능한데, 그마저도 해변에 가서 놀았다는, 비슷한 내용의 묘사로 끝나기 일쑤다. 뉴질랜드에서 내가 참관했던 수업의 선생님들은 '내게 세 가지 소원이 있다면' 또는 '내가 날 수 있다면' 같은 아주 매력적인 글쓰기 주제를 고안해낸다. 그들은 "사랑은 위장을 통해 이루어지고 글은 심장을 통해 이루어진다."라는 모토에 따라 글쓰기 경험의 감성화에 주력한다.

어느 날 저녁 사이클론이 뉴질랜드로 접근하고 있었다. 남편은 사흘간 강에서 카누를 타려고 이미 몇 시간 전에 집을 나섰다. 나는 걱정이 되어 남편이 있는 곳의 날씨가 어떤지 알아보려 했다. 그런데 인터넷에 들어갈 수가 없었다. 갑자기 집이 깜깜해졌다. 정전이었다. 나는 몇 시간 동안 어둠 속에 누워 바람의 속도가 갈수록 빨라지고 나뭇가지가 부러지는 소리를 들었다. 그때 들린 둔탁한 소리는 또 뭐가 쓰러졌음을 알려주었다. 다음날 아침 선생님은 2학년 아이들에게 지난밤에 어떤 느낌이 들었는지 적어보라고 했다. 글쓰기 욕구를 자극할 만한 얘기를 덧붙일 필요도 없었다. 아무리 피곤하고 졸려도 아이들은 열심히 공책 위로 고개를 숙이고 글을 썼다. 그중에 이런 문장이 나온다. "빗방울이 젤리빈처럼 후두둑 쏟아졌다." "처음에는 바람이 우리 집 주변을 도둑처럼 살금살금 돌아다녔다."

6세 아이들이 어떻게 그토록 개성 강하고 표현 풍부한 글을 쓸 수 있을까? 아이들은 마음속에 있는 걸 글쓰기를 통해 밖으로 내보이는 게 얼마나 홀가분한지를 체험했다. 문학을 의미할 수도 있는 이 행복을 부모가 아이에게 선사하지 못할 수 있다고 가정하면, 이 경험을 수업 중에 하는 것은 그만큼 더 중요하다. 내가 찾아갔던 오클랜드의 가난한 외곽 지역 학교도 비슷했다. 어떤 자극을 주어야 아이들이 집에서는 듣지도 보지도 못했던 것을 하게 할 수 있을까? "아이들은 뭔가 하고 싶은 말이 있으면 글쓰기로도 표현한답니다." 교장 선생님이 내게 말했다. 그간 만난 다른 많은 선생님들한테서도 비슷한 이야기를 들었다. 이 교수법을 처음 시작한 사람은 누구일까? "실비아라는 사람에 대해 못 들어보셨어요?" 한 선생님이 되물었다.

실비아 애슈턴 워너(Sylvia Ashton-Warner)는 100년도 훨씬 전에 타라나키 지방에서 태어났다. 1940년대에 마오리족 아이들이 많이 다니는 시골 학교에서 교편을 잡기 시작하면서 그녀는 영국에서 들여온 수업 자료가 이곳 학생들에게 쓸모가 없다는 것을 금방 알게 되었다. 당시에 인기 많았던 영국의 『재닛과 존』* 시리즈에 나오는 대표적인 장면을 보자. 세일러복을 입은 소년과 머리에 리본을 단 소녀가 정원에서 꽃에 물을 준다. 두 아이의 아버지는 다림질한 양복바지를 입고 잔디 풀을 뽑는다. 실비아 애슈턴 워너가 가르치는 학생들에게 이보다 더 현실과 동떨어진 장면을 없었을 것이다. 그녀는 자기만의 새로운 수업 방식을 고안했다. 매일 아침 학생들이 교실에 들어올 때마다 자신에게 낱말 한 개씩을 말해달라고 한 것이다. 무엇이든 상관없었다. 핵심은 그 낱말이 아이들에게 중요한 뭔가를 표현했다는 것이었다. 아이들은 케이크, 요정, 오리, 양말 등 각양각색의 낱말을 말했다. 칼이나 싸움 같은 깜짝 놀랄 단어도 나왔다. 하지만 애슈턴 워너 선생님은 평가하지 않았다. 그저 각 낱말을 단단한 카드에 적고 그걸 아이에게 넘겨주었다. 그러면 아이는 자신의 낱말을 만지고, 손가락으로 철자를 따라 그리고, 다른 아이에게 보여주었다. 낱말을 화제로 대화가 시작되었다. '오리'를 예로 들어보자. 오리는 어떻게 생겼지? 오리는 죽었을까 살았을까? 학교가 끝날 때 애슈턴 워너 선생님은 모든 낱말 카드를 수거해 상자에 넣고 다음 날 아침에 다시 쏟아냈다. 그러면 학생들은 카드 더미에서 자신의 낱말을 찾아냈다.

선생님은 평범한 읽기 입문서에 나오는 단어들을 평면적이라고 했다. 결정적으로 중요한 요소, 즉 감성이 없기 때문이라는

- 『재닛과 존(Janet and John)』: 초등학교 저학년 아동의 읽기와 쓰기 및 독서 능력 향상을 위해 1949~1950년에 영국에서 출간한 영어 입문 교재. 시리즈로 발간된 후 1950~1960년대에 영국과 뉴질랜드에서 대성공을 거두었다.

것이다. 반면에 학생들이 애슈턴 워너 선생님에게 말해준 단어
들은 종종 극적인 사건을 폭로한다. 그건 선생님이 묘사한 수업
에서 분명하게 드러나 있다.

"모히, 너는 어떤 단어를 말해줄래?"

"제트기요."

나는 웃으며 그 단어를 작고 단단한 카드에 적어서 아이
에게 준다.

"게이노르, 너는 어떤 단어로 할래?"

"집이요." 아이가 속삭인다.

"조지프, 너는 어떤 단어야?"

"폭탄! 폭탄! 폭탄으로 할래요!"

나는 조지프에게도 단어가 적힌 카드를 준다.

나중에 조지프는 형들이 자기를 때렸다고 애슈턴 워너 선생
님에게 말한다. 선생님이 조지프에게 '때리다'와 '형'이라는 단어
를 적어준다. 조지프는 쉬는 시간이 끝날 때마다, 매일 아침마다,
그 단어들을 금방 익히고 알아본다.

실비아 애슈턴 워너는 아이들이 자신의 인생에서 중요한 낱
말을 소리 내어 발음하지 못할 만큼 심리적으로 스트레스를 받
는 경우가 자주 있다고 얘기한다. 랑기라는 이름의 소년은 애슈
턴 워너 선생님에게 '오다'와 '보다'라는 낱말을 말했다. 선생님

은 두 낱말을 적어주었지만, 랑기는 다음 날 아침에 카드 더미에서 그 낱말들을 찾지 못했다. 이후 선생님은 그 낱말 카드를 버렸다. 아이는 자기한테 맞는 낱말을 분명히 찾아낸다고 애슈턴 워너는 확신한다. 그걸 일컬어 그녀는 '첫눈에 알아보는 낱말(One look words)'이라고 한다. 첫눈에 반하는 것처럼 말이다. 그런 낱말이 분명히 존재하므로 우선 그걸 찾아내야 한다고 한다.

얼마 후 실비아 애슈턴 워너 선생님은 랑기의 아버지가 술을 너무 많이 마시고, 불법 도박장을 운영하고, 경찰이 주시하는 사람이라는 말을 듣는다. 랑기를 다시 만난 날 선생님은 아이에게 '경찰관'과 '감옥'이라는 낱말을 적어주었다. 랑기는 4분 만에 두 낱말을 익혔다. 애슈턴 워너는 이 낱말들을 키워드라고 명명했다. 랑기의 삶으로 들어가는 열쇠이자, 그의 마음속에 쓰기에 대한 사랑을 일깨우는 열쇠이기 때문이다. 키워드는 아이를 불안하고 초조하게 만드는 모든 것이 그의 마음에서 빠져나갔다는 것을 보여준다. "그건 아이가 만들 수 있는 가장 강렬하고 믿을 만한 읽기 어휘다. 그리고 아이의 정신을 열고 아이의 혀를 풀어놓는 열쇠다." 실비아 애슈턴 워너의 말이다.

다루기 어려운 학생들의 마음을 사로잡는 괴짜 선생님——이를 소재로 「죽은 시인의 사회」 같은 영화가 만들어졌다. 이는 또한 부모들이 꿈꾸는 교사상이기도 하다. 아, 우리 아이 곁에 그런 교육예술가가 있다면 얼마나 좋을까!

그래, 그런 선생님이 있다고 치자. 그다음은? 우리가 그런 선생님을 알아볼 수 있을까? 그런 선생님의 진가를 인정할 줄이나 알까? 나는 교사들 중에 이런 사람이 결코 드물지 않다고 믿는다. 드높은 이상을 갖지 않은 사람이 어떻게 그런 힘든 직업에 종사하겠는가? 그러나 우리는 그 이상이 정말로 솟아오를 수 있도록 교사들에게 기회를 주고 있을까?

학교를 변화시키는 게 당면 과제라면 실비아 애슈턴 워너가 무엇을 가르쳤는지만 중요한 게 아니다. 핵심은 어떻게 평범한 시골 교사가 나라 전체의 교육에 영향을 줄 수 있었느냐이다. 우리 독일에서는 모든 학교가 닫힌 소우주다. 그곳에서 일어나는 일은 그곳에 머물러 있다. 실비아 애슈턴 워너는 피피리키나 와이오마타티니라는 이름의 작은 마을에서만 아이들을 가르쳤다. 그러나 오클랜드 대학의 도서관 중 한 곳은 그녀의 이름을 따서 명명되었고, 그녀의 교수법은 현재도 뉴질랜드의 많은 학교 수업에 영향을 주고 있다.

선생님 한 사람의 이상을 높은 데까지 끌어올리기 위해 시스템을 어떻게 만들어야 하는지 우리가 알고 있다면 이미 큰 발걸음을 내디딘 것이나 다름없다. 그러면 우리는 좋은 선례가 어떻게 호응을 얻을지 알게 되고, 따라서 이 직업을 택한 교사에게 줄 수 있는 최고의 인센티브*를 제공하게 될 것이다. 그건 어린 학생들의 삶에 큰 변화를 가져오는 일이다.

2018년 미국의 교육학 교수 앨런 데일리(Alan Daly)가 석 달을 뉴질랜드에서 보냈다. 체류 목적은 '교사들의 생태계' 연구였다. 이 단어 선택 하나만으로도 놀라운 것이, 그간 교사들은 각개 전투의 운명에 내몰려 있었기 때문이다. 그러나 뉴질랜드는 그렇지 않다. "이곳의 특별한 점은 교사들 간의 협력을 국가 차원에서 지원하려 노력한다는 거예요." 앨런 데일리가 내게 말했다. 어느 학교의 교사가 훌륭한 것을 하는데 그걸 다른 학교의 교사가 모른다는 게 뉴질랜드에서는 사실상 불가능하다. 이미 실비아 애슈턴 워너의 시대에 이른바 장학관들이 학교를 돌며 시찰했다. 그들은 각각 한 지역을 담당하고 있었으며, 모두 웰링턴에 있는 담당 부처와 정기적으로 정보를 교환하고 있었다. 장학관들은 이따금 색다른 수업 방식을 만나면 그에 관해 전문가에게 의견을 물었다. 실비아 애슈턴 워너가 가르쳤던 지역의 수석 장학관은 그녀의 교실에서 보았던 수업이 마음에 들었다. 너무 마음에 든 나머지 웰링턴의 교육학 교수 두 명에게 와달라고 요청했다. 교수들도 무척 큰 감명을 받았다. "아이들이 미친 듯이 글을 읽었어요." 애슈턴 워너는 곧 자신의 교육학적 구상을 교육 학술지에 소개했다. 그리고 20년간 뉴질랜드의 고위 교육 관료였으며 현대 교육 시스템의 아버지로 꼽히는 클래런스 비비(Clarence Beeby)는 그에게 계속 정진해달라고 개인적으로 격려했다.

- 인센티브(incentive) : 어떤 행동을 하도록 부추기는 것을 목적으로 하는 자극

관료가 전문가에게 비주류 수업 방식에 대해 자문하고, 전문가는 그 방식에 열광적으로 반응하고, 그때까지 무명이었던 교사가 자신의 생각을 글로 발표할 기회를 얻는다는 것, 이것은 아마 다른 나라에서는 거의 상상도 못할 일일 것이다. 뉴질랜드에서는 교육학의 독자 노선이 이런 식으로 주류가 되었다.

이게 가능하다는 것이 교사를 자극한다. 시골 교사들은 여전히 새롭고 첫눈에 엉뚱해 보이는 아이디어를 가지고 국가적인 프로젝트에 착수한다. 타라나키는 애슈턴 워너가 100여 년 전에 자란 곳이다. 현재 스티븐 베이커(Stephen Baker)가 그 지방의 외딴 학교에서 가르치고 있다. 현대 기술을 좋은 목적에 사용하기 위해 그는 학생들이 시골 어디에서나 같은 책을 읽고 트위터로 토론하자는 아이디어를 냈다. 이를 위해 그는 2016년에 트위터 그룹을 만들고 챕터챗(ChapterChat)이라는 이름을 붙였다. 그리고 뉴질랜드 교사들이 서로 연결돼 있는 수많은 페이스북 그룹 중 하나를 통해 자신의 제안을 전파했다. 약속한 날에 그가 로그인을 했다. 조금 불안했다. 그 혼자만 참여하는 건 아닐까? 기우였다. 처음 시작하자마자 100개 학급이 참여했다. 어느덧 학생들은 열네 권째 책을 읽고 있다. 스티븐 베이커는 이 과정을 조금 정교하게 다듬었다. 전국의 교사들이 책을 추천하면 그가 한 권을 선정하고 각각의 장마다 숙제를 낸다. 19세기를 배경으로 미국 중서부에 살던 잉걸스 가족의 이야기 「초원의 집」을 읽을 차례가 되었을 때, 아이들은 잉걸스 가족이 사는 집의 평면

도를 그리거나, 자신이 잉걸스네 아이 중 한 명이라면 여가 시간에 무엇을 할지 적어야 했다. 네 명의 아이가 아마존에 추락하는 모험 소설 「탐험가」를 읽은 뒤에는 비행기 모형을 만들고, 뉴질랜드에서 조종사가 되려면 어떤 조건을 갖춰야 하는지 알아내고, 책의 내용을 영화로 만들었을 때의 예고편을 만들어야 했다.

매주 금요일 오전 10시가 되면 학생들이 트위터에 접속한다. 뉴질랜드 북쪽의 미티미티에 사는 아이들은 최남단 푸라카우누이의 아이들이 과제를 어떻게 해결했는지 본다. 지금까지 1,000개 학급이 참여했다.

뉴질랜드인의 이 개방성은 어디에서 왔을까? 옛날의 실비아 애슈턴 워너든지 지금의 스티븐 베이커든지, 시골에서 한 사람의 고민 끝에 나온 것이 왜 그토록 큰 힘을 발휘할까?

두 가지 대답이 있다.

첫 번째 대답은 간단하다. 시골은 뉴질랜드에서 중요하다. 이 나라 학교의 약 30%가 시골에 있다. 그런 점에서 시골 교사는 예외가 아니라 규칙이다. 국가 전체의 교육이 성공하느냐 못하느냐가 시골 교사에게 달려 있다. 다른 한편으로 —— 이게 좀 더 복잡한 대답이다 —— 뉴질랜드인은 출발과 개척 정신처럼 들리는 모든 걸 좋아하는 성향이 있다.

뉴질랜드는 세계 최연소 국가이자 해가 가장 먼저 뜨는 나라다. 이는 뉴질랜드 유명 상표의 광고 문구다. 맞는 말이다. 마오리족이 800~1,000년 전에 뉴질랜드에 왔을 때 세계의 나머지 대륙에는 벌써 오래전부터 사람이 살고 있었다. 마오리족은 자신들이 직접 만든 카누인 와카를 타고 바다를 수천 킬로미터 항해하다 마침내 남서 태평양에서 그때까지 사람이 살지 않던 땅을 발견했다. 그들은 그곳을 '아오테아로아(Aotearoa)'라고 불렀다. '길고 하얀 구름의 땅'이라는 뜻이다. 1769년에는 인데버 호에 탄 제임스 쿡을 필두로 영국인들이 들어왔다. 마오리족은 그들을 '파케하(Pakeha)', 즉 얼굴이 창백한 사람들이라고 불렀다. 70여 년 뒤 영국은 뉴질랜드 두 섬의 소유권을 공식적으로 주장했다.

영국에서 쫓겨난 사람들은 북아메리카로 갔다. 오스트레일리아로 건너온 사람들은 영국이 더는 원하지 않는 사람들이었다. 반면에 뉴질랜드로 이주한 많은 이들은 영국을 사랑하지만 그럼에도 뉴질랜드에서의 삶이 더 낫다고 생각한 사람들이었다. 그들은 지금까지와는 다른, 좀 더 공정한 사회를 세우겠다는 꿈을 꾸었다. 그건 계급 장벽이 없는 영국이었다. '약속의 땅'과 '행복한 이주지', 이것이 그들이 뉴질랜드에 붙인 속성이었다. 새로운 주거지를 묘사한 글에는 다음과 같이 적혀 있다. "우리는 우리 사회에 좋은 것을 모두 갖고 있는 공동체의 기초를 놓으려 한다. 그리고 나쁜 것은 모두 버리려 한다." 뉴질랜드는 19세기에 세계 최초로 여성의 참정권을 도입했고, 노령 연금 제도를 만들었고, 국가 중재 재판소를 설치해 고용인과 피고용인 간의 분쟁을 조정하고 최저 임금을 결정했다. 미국의 사회개혁가 프랭크 파슨스(Frank Parsons)는 이 나라를 '20세기의 탄생지'라고 했다.

뉴질랜드 사람들은 이렇게 선구자와 개척자를 좋아했다. 실비아 애슈턴 워너도 그중 한 명이었다. "유토피아적인 이념이 뉴질랜드의 정체성을 탄생시킨 핵심이었다." 미국의 정치학자 라이먼 타워 사전트(Lyman Tower Sargent)는 이렇게 적었다. 뉴질랜드에서 유토피아는 —— 아마 세계에서 유일하게도 —— 계속해서 정치적 담론까지 결정해왔다.

독일에서는 유토피아가 아니라 두려움이 담론을 결정한다. 그건 주로 변화에 대한 두려움이다. 뉴질랜드 사람들은 기껏해야 멈춰 서는 것을 두려워하는 것 같다. "우리가 끊임없이 더 나아지려고 노력하는 건 우리 사회의 DNA에 새겨져 있어요." 뉴질랜드의 중요한 교육학자 중 한 사람인 데릭 웬모스(Derek Wenmoth)가 내게 해준 말이다. "작은 나라의 국민으로서 우리는 세계에서 살아남기 위해 노력해야 해요. 헤비급에 맞서는 라이트급 권투 선수처럼 말이죠." 그런데 뉴질랜드인들은 이따금 자신들이 시대를 얼마나 앞서가는지 전혀 알지 못한다. 교육은 기계적인 과정이라는 견해가 안타깝게도 여전히 만연해 있다고 뉴질랜드 초등학교 교사의 지도서 『레드 북(Red Book)』에 나와 있다. "아이를 자신에게 보내진 빈 그릇이라 보고 그것을 채워야 한다고 생각하지 않는 교사들, 오히려 아이를 영혼과 인격으로 보는 교사에게 이 커리큘럼이 용기를 주기를 희망한다."

대단히 현대적인 관점이다. 뉴질랜드에서 이 문구가 들어 있는 『레드 북』은 1929년에 나왔다.

4
책 퍼레이드

"후유." 선생님이 교실에 들어오면서 한숨을 쉰다. "너무 무거워." 손에 여행 가방을 들었다. "그 안에 뭐가 있어요?" 한 여자아이가 묻는다. 선생님은 지퍼를 연다. 신발이 온갖 치수와 색깔별로 쏟아져 나온다. 고무장화, 뾰족구두, 운동화, 샌들이 있다. "자, 이제 시작해보자." 선생님이 이렇게 말하고 신고 온 외출용 신발을 벗는다. "이제 뭘 할 거예요?" 남자아이가 묻는다. "신발 신어보기." 선생님은 아이들에게 읽기를 가르치는 대가로 봉급을 받는 사람이 자기 신발장의 신발들을 몽땅 가지고 학교에 나타난 게 세상에서 가장 자연스러운 일인 양 대답한다. 선생님이 고무장화를 신고 몇 걸음 앞뒤로 오가며 만족스럽게 고개를 끄덕인다. "이건 정말 편해. 그런데 내가 며칠 뒤 저녁에 외출을 해야 해. 그땐 어떤 신발을 신어야 할까?" 한 아이는 운동화를 가리키고, 다른 아이는 굽이 있는 신발 몇 켤레를 가리킨다. 선생님이 고개를 끄덕인다. "어디 한번 신어보고 어떤 느낌인지 알아봐야지." 선생님이 아이들을 바라본다. "여러분도 해볼래요?" 그로부터 30분간 학생들은 선생님과 함께 신발 더미를 헤치고 신발을 신어보면서 어느 것이 맞는지, 어느 것이 꼭 끼는지, 어느 것이 어떤 경우에 어울리는지를 이야기한다. 어느 순간 아이들이 신발에 둘러싸여 바닥에 앉자 선생님이 아이들을 보며 웃는다. "보다시피 신발을 고르는 게 간단하지 않아요. 아주 오랫동안 찾아야 할 때도 있어요." 선생님이 잠시 멈추었다 말을 계속한다. "책도 마찬가지예요. 딱 맞는 신발처럼 완벽한 책도 여러분에게 맞는 것이라야 해요."

뉴질랜드의 독서 교육이 주는 첫 번째 교훈이 있다. 독서를 좋아하지 않는 아이는 없다는 것이다. 다만 자신에게 맞는 책을 발견하지 못한 아이들이 있을 뿐이다. 내가 만난 모든 교사들이 이 믿음을 갖고 있다. 그렇기 때문에 책 선정 문제는 수업에서 중요한 부분이다. 내로 넥에 있는 학교의 2학년생들에게는 슈퍼마켓에 있는 것 같은 작고 화려한 장바구니가 있다. 이걸 가지고 아이들은 매주 책 쇼핑 놀이를 한다. 선생님이 긴 책상 위에 책을 늘어놓으면 아이들은 며칠간 읽을 책을 몇 권 고른다. 옆에서 선생님이 열성적인 구매 상담사 역할을 한다. 결정을 못 내리는 것 같은 여자아이에게 선생님이 책 한 권을 가리키며 말한다. "여기 좀 봐. 이건 네가 지난주에 빌렸던 책과 지은이가 같아." 아이가 고개를 끄덕인다. "이거 완전히 재미있어." "같은 사람이 쓴 이 책도 읽어봐. 나도 어떤 작가가 마음에 들면 늘 그렇게 한단다. 그리고 머잖아 그 사람이 쓴 책을 다 읽어버리지." 이번에 선생님은 벌써 책을 손에 쥔 남자아이에게 몸을 돌린다. 책 표지에는 굵은 테 안경을 쓴 올빼미가 실험실에 앉아 있는 그림이 있다. "이 책은 무슨 이야기를 하려는 것 같니?" 선생님이 묻는다. 아이와 선생님은 함께 그림에 있는 올빼미와 안경과 실험실을 살펴보고 해석한다. 뭔가 똑똑한 것에 관한 책일 것이다. 아이는 그걸 마음에 들어 한다.

4학년이 되면 일주일에 한 번 북클럽 수업을 진행한다. 아이들이 자기가 좋아하는 책을 소개하는 시간이다. 오늘은 페이지 차례다. 페이지는 막 탐정 소설을 읽었다. 욕심 많고 게으른 두꺼비가 형사이고 소심한 쥐는 조수로 나오는 소설이다. 페이지가 책을 요약해 들려준다. "이 책을 누구에게 권하고 싶니?" 선생님이 묻는다. "탐정 소설을 좋아하지만 너무 무섭지 않은 것을 원하는 사람이라면 누구에게나 적당해요." 페이지가 대답한다. "저는 이 책을 아주 재미있게 읽었어요. 내용을 모두 이해했거든요." 선생님이 고개를 끄덕인다. "중요한 게 있어요." 선생님이 다시 학생들에게 눈길을 돌리며 말한다. "책을 읽으며 새로운 단어를 배우는 것도 물론 좋은 일이에요. 하지만 첫 페이지를 펴자마자 모르는 단어가 열 개 나오면, 책을 옆으로 밀어놓고 몇 달 뒤에 다시 꺼내 읽으세요."

이제 선생님은 엘리야에게 앞으로 나오라고 말한다. 엘리야는 발표하겠다고 나서지 않았다. 그러기에는 성격이 너무 소심하다. 바로 그 때문에 선생님은 엘리야가 한 번쯤 중심에 서기를 원한다. 엘리야는 미래에 일어나는 일을 다룬 소설을 소개한다. 아이는 이야기를 하는 내내 제 손톱을 물어뜯는다. 아이의 말을 따라가기가 쉽지 않은데도 선생님은 그의 입술을 열심히 바라본다. 엘리야가 뭔가 슬픈 장면을 들려줄 때 선생님은 한숨을 내쉬고, 흥미진진한 대목에서는 두 손을 모아 입에 갖다 댄다.

"그 책은 어떻게 고르게 됐니?" 이야기가 끝나고 선생님이 엘리야에게 묻는다.

"형이 추천해주었어요."

선생님이 고개를 끄덕인다. "좋은 생각이야". 그리고 아이들에게 말한다. "마땅히 읽을 게 없을 때는 나도 항상 친구들에게 무슨 책이 좋았는지를 물어봐요. 얼마 전에는 여러분한테서도 힌트를 얻었어요." 선생님은 학생들을 바라보다가 몇몇 아이가 무척 열광했던 책의 이름을 말한다. "여러분이 그 책을 무척 좋아하잖아요. 그래서 나도 읽었죠. 그 책이 여러분의 마음에 드는 이유를 아주 잘 알겠더군요." 이제 아이들은 「해리 포터」에 관해 오래도록 진지하게 토론한다. 찬반으로 갈리는 주제도 있다. 여덟 살이라는 나이는 이 책을 읽기에 적당할까? 내용이 너무 무시무시한 건 아닐까? 아이들은 자신의 판단을 얘기하고, 함께 찬반 양쪽의 의견에 대해 생각한 뒤 이런 결론에 도달한다.「해리 포터」를 아직 읽지 않은 사람은 일단 읽기 시작해도 좋지만, 만일 무서운 생각이 들면 자신에게 솔직해지고 당장 책을 내려놓아야 한다고.「해리 포터」를 읽기에 가장 적당한 시간대에 대해서도 뜻을 모은다. 밤에 혼자 침대에서 읽기보다는 환한 일요일 오전에 가족과 함께 있을 때가 좋다고. "어떤 책들은 한밤중까지 몰입해서 읽게 되기도 하죠." 선생님이 말한다. 얼마 후 전교생이 문학 주간 행사를 연다. 하이라이트는 책 퍼레이드인데, 각자 자신이 가장 좋아하는 소설 속의 인물로 분장하는 것이다. 해리 포터와 헤르미온느 그레인저는 둘 다 여러 번 등장했다.

뉴질랜드 학교에서와 같은 책 사랑을 나는 다른 어디에서도 본 적이 없다.

벌써 50년 전에 뉴질랜드 교육부에서 독자적인 출판사를 세울 정도로 이곳에서는 문학에 큰 의미를 부여한다. 출판사는 작은 판형의 책 열두 권을 독서 능력 수준에 따라 빨강, 노랑, 파랑, 초록의 네 가지 색으로 구분해 출판하면서 출발했다. 몇십 년이 흐르는 동안 더 많은 책과 잡지를 출판했는데 뒤표지에는 항상 난이도를 알려주는 색상표가 붙어 있다. 그 기본 이념은 이렇다. 모든 아이는 내면에 잠재해 있는 독서에 대한 애정을 끌어내야 하며, 그러려면, 단일 교재로는 충분하지 않다. 정말로 아이들이 자신의 흥미를 끌 만한 뭔가를 발견하려면 다양한 선택의 가능성이 필요하다. 계획은 성공적이었다. 1970년 국제 교육 성취도 평가협회(IEA)에서 세계 각국 14세 아동의 읽기 능력을 조사했을 때 뉴질랜드는 텍스트 이해와 해석에서 1위에 올랐다. 이 작은 책들은 곧 미국과 영국으로 수출되었다. 내로 넥의 학교에는 현재 이런 책이 수천 권 있다. 다섯 살짜리 내 딸은 날마다 새 책을 집으로 가져온다. 「비지 버드(Busy Bird)」라는 제목의 책에서는 알파벳 B를 소개한다. 캠핑 여행을 떠나고 아주 많은 것들을 함께 하는 가족의 얘기가 나오는 책에서는 명사를 복수형으로 만드는 s에 대해 다룬다. 주제 선정을 보면 출판사가 무엇을 중요시하는지 알 수 있다. 책은 아이들의 생활 환경과 가까운 주제를 다루지만, 나아가 좋은 뉴질랜드인이 되는 게 무엇을 말하는지도 가르쳐야 한다. 새와 캠핑 여행을 사랑하는 것도 당연히 거기에 속한다.

숨쉬기, 잠자기, 마시기는 우리가 살면서 꼭 해야 하는 일들이다. 그 밖의 것들은 생존과 직결될 만큼 중요하지 않다. 그런데도 아기들은 신기하게 그것을 배운다. 이유가 무엇일까? 왜 아이들은 말하기를 배우려고 할까? 어떤 이유에서 아이들은 기어 다니고, 걷고, 자전거를 타고, 수영하는 법을 배우려고 노력할까? 그리고 그 아이들은 왜 이따금 책 읽기 연습에는 그다지 흥미가 없을까?

이 의문은 1970년대에 돈 홀더웨이(Don Holdaway)라는 뉴질랜드 사람이 제기했다. 그는 다음과 같이 말했다. "인간의 학습이 가장 놀라운 성공을 거두는 것은 강력한 사회적 주변 환경을 통해서다." 아이가 말하기를 배우는 이유는 언어에 둘러싸여 있기 때문이다. 어머니와 아버지가 각각 아이와 말을 하고, 세 사람이 함께 대화하고, 그들은 또 다른 사람들과 이야기한다. 아이는 말하는 세계의 일원이 되려 한다. 마찬가지로 책을 읽고 싶은 욕구도, 적절한 여건을 마련해주면, 역시 자연스럽게 발현될 수 있다고 홀더웨이는 생각한다. 그는 아기의 환경이 입말에 둘러싸여 있듯이, 교실은 글말, 즉 문자 언어로 가득 채우라고 요구했다. 내로 넥에서 이 요구를 실행에 옮겼다. 선생님이 1학년 교실 한 모퉁이에 작은 동물 병원을 차렸다. 동물 인형이 앉아 있고, 거즈 붕대와 주사기가 놓여 있다. 아이들이 동물을 진료한 뒤 진단을 내리고 치료 계획을 적을 수 있도록 처방전과 펜도 가져다 놓았다. 그 옆에는 커다란 통나무가 차곡차곡 쌓여 있고 통나무마다 알파벳이 적혀 있다. 그걸로 아이들은 자신이 지은 집에 이름을 지어줄 수 있다. 뜻이 통하도록 통나무를 나란히 잘 이어 맞추는 것만 배우면 된다.

홀더웨이는 뉴질랜드의 학교 교실과 떼어놓고 생각할 수 없는 것을 하나 더 고안했다. 유명 작가와 삽화가의 이야기와 그림을 넣은 책이다. 크기도 커서 책가방에 들어가지 않는다. 사실 책가방에 넣을 필요도 없다. '빅 북(Big Book)'이라고 하는 그 책은 혼자만의 독서가 아니라 함께 읽는 체험을 위해 만든 것이기 때문이다. 1학년 교실마다 이젤이 준비되어 있어서 거기에 빅 북을 미술 작품처럼 올려놓는다. 홀더웨이는 교사가 빅 북을 일주일 동안 네 번 읽어줄 것을 제안했다. 첫 수업은 아이들이 이야기를 처음 접하는 시간이고, 두 번째와 세 번째 수업에서는 교사가 아이들에게 알파벳("글에서 P와 K를 모두 찾으세요."), 낱말("쥐와 공룡이라는 낱말을 잘 보세요. 둘의 차이점은 무엇일까요?"), 문장 부호나 낱말군의 철자법 같은 세세한 부분에 주목하도록 지도하고, 마지막 수업에서는 아이들이 이야기를 기초로 삼아 자기만의 쓰기를 실천한다. "책을 가지고 혼자 책상 앞에 앉아 있을 때는 끔찍할 정도로 압박감을 느끼는 아이들이 있어요. 우리는 빅 북으로 모닥불 주위에 둘러앉은 느낌을 만들어내죠." 선생님이 내게 말한다.

그게 어떻게 가능한지 내가 직접 보고 있다. 다섯 살짜리 딸이 다른 아이들과 함께 선생님 발치에 앉아 있고 선생님은 빅 북을 소리 내어 읽는다. 아이들이 열심히 경청한다. 마지막 줄에 앉은 아이들도 책에 있는 그림은 물론이고 알파벳 글자 하나하나까지 다 알아본다. 가끔 낭독이 끝나 선생님이 빅 북을 이젤에 세워두면, 아이들은 의상이 있는 구석으로 가서 옷을 갈아입고 방금 들은 내용에 따라 연극을 한다. 아이들이 이따금 책이 있는 곳으로 가서 용감하게 손가락으로 글자와 그림을 짚어가며 직접 이야기를 소리 내어 읽을 때도 있다.

처음에 딸이 뉴질랜드에서 읽기를 배울 때 마음에 들지 않는 것이 몇 가지 있었다. 예를 들자면, 딸이 하는 행동은 어림짐작으로 알아맞히기처럼 보이는데도 선생님은 그걸 대놓고 독려하는 것이었다. 집에서 함께 소파에 앉아 있을 때 딸이 책을 읽으며 "B"라고 말했다. 딸은 맨 앞에 나오는 글자는 알아차렸지만, 그다음 글자는 읽지 못했다. 딸은 글자 옆에 그려진 자전거 그림을 바라보았다. "아니야……." 내가 말을 하려고 입을 열었다가 곧 다물었다. "아이가 혼자 방법을 찾아내는 게 좋아요." 선생님이 내게 들려준 말이었다. "Bike." 딸이 소리쳤다. 두 페이지 뒤에 이 낱말이 또 나왔다. 이번엔 복수 형태에 그림도 곁들여지지 않았다. 딸은 잠시 고민하다 책장을 뒤로 넘겨 철자를 비교했다. "Bike가 또 나왔네." 딸이 말했다. "그런데 이번엔 뒤에 *s*가 붙었어." 며칠 뒤 나는 혼자 소파에 앉아 영어로 된 책을 읽었다. 모르는 낱말이 나왔기에 문맥을 살피려고 한 페이지 뒤로 넘겼다가 웃음이 터져 나왔다. 내가 의미를 알 수 없어 지금 사용하는 방법이 딸이 쓰던 방법과 다르지 않았기 때문이다.

5
교실에 들어와 함께 배우는 개

뉴질랜드에서 자주 그러듯이 해가 났다가 비가 내리기를 반복하던 어느 날, 나는 3학년 교실을 참관한다. "오늘 아침에 아주 예쁜 무지개가 떴어요." 선생님이 말하자 아이들이 고개를 끄덕인다. 아이들도 무지개를 보았다. 한 여자아이가 무지개가 어떻게 만들어지는지 설명하려는 순간, 선생님이 손가락을 입술에 갖다 댄다. "지금은 무지개를 보고 어떤 느낌이 들었는지부터 말해봅시다." 객관적인 것 대신에 주관적인 것, 사실 대신에 인상을 다룬다. 실비아 애슈턴 워너도 그렇게 했다. 선생님이 칠판에 작은 말풍선을 그린 뒤, 아이들에게 무지개를 생각하면 떠오르는 낱말을 말해보라고 한다. 따뜻하다, 활기차다, 색이 흐릿하다, 즐겁다 등의 단어가 나온다. 순식간에 말풍선이 낱말로 가득 찬다. 선생님이 놀란 표정을 짓는다. "여러분이 내 말풍선을 빵 터뜨렸어요!" 아이들이 키득키득 웃는다. 선생님이 말풍선을 새로 그린다. 아까보다 조금 크다. 아이들이 더 많은 단어를 열거한다. 말풍선이 또 터지고 선생님이 세 번째 말풍선을 그리자 아이들이 무척 즐거워한다. 말풍선이 터지면 또 새로 그리는 과정이 몇 번 반복된다. 마지막에 가서는 무지개를 얼마나 다양하게 묘사할 수 있는지를 보고 아이들이 놀란다.

독일 교실에서는 솔직하고, 예의 바르고, 정직하게 수업을 진행한다. 선생님은 학생들을 진지하게 대하려고 노력하지만, 바로 그 때문에 아이들의 욕구에 완전히 부응하지 못한다. 반면에 뉴질랜드에서는 선생님이 장난을 치고, 슬쩍 속임수를 쓰고, 완전히 재미로 조작도 한다. 이렇게 하면 아이들이 최고의 자극을 받는다. 물론 선생님은 칠판에 그린 말풍선이 너무 작다는 것을 알고 있다. 'mythical'이라는 말의 철자도 당연히 쓸 줄 안다. 그러나 처음에 이 낱말을 말풍선 안에 적을 때 선생님은 'y'가 아닌 'i'로 적고 움찔하다가 'i'에 동그라미를 쳤다. "이건 확인해봐야겠네요." 선생님은 아이들에게 이렇게 말하고 사전을 넘기며 혼자 중얼거리다 'i'를 'y'로 바꾼다.

내가 나중에 의아해서 이 장면을 얘기하자 선생님이 웃는다. 내가 기본적으로 "교사는 언제나 정직해야 한다."라는 생각을 갖고 있다는 걸 그 선생님은 상상하지 못했던 거다. "아이들이 선생님한테 배우려면 자신을 선생님과 동일시해야 해요. 그래서 제가 실수를 하는 척한 거예요. 안 그러면 아이들이 그런 상황에서 뭘 해야 하는지를 어떻게 배우겠어요?" 놀라웠다. 선생님이 학생들과 가까워지기 위해 무지를 가장한다는 것이. 그러면서도 체면을 잃지 않는다는 것이.

결국 이날은 칠판이 무지개와 관련된 낱말로 가득하다가 말풍선이 모두 터져버린다. 선생님은 아이들에게 수사법을 이용해 시를 지으라고 말한다. 아이들이 시와 친해지도록 하려고 선생님은 미리 테드 휴스(Ted Hughes)의 시를 읽어주었다. 선생님은 이 시인의 은유를 좋아했다.

밖에서 다시 이슬비가 내리기 시작한다. 아이들은 교실 바닥에 앉아 시를 짓는다.

무지개는 _____.
조각보 이불이다.
하늘에서 엎질러진 물감 통이다.
마법 같은 행운의 예감이다.
화음의 기호다.
인생의 뉘앙스다.
누가 써주기를 기다리는 크레용 상자다.

7세 아이들이 이런 걸 연상한다. 독일이었다면 입이 마르도록 칭찬했을 것이다. 그런데 뉴질랜드에서는 그러지를 않는다. "무지개는 춤추는 공작 같아요." 한 남자아이가 말한다. 선생님은 고개를 갸우뚱한다. "그런데 공작이 춤을 추나?" 이게 정말 공작의 움직임을 묘사하는 최상의 낱말일까? 그보다는 의기양양하게 걷는다고 말해야 하지 않을까? 아니면 뽐낸다고 해야 하지 않을까? 그것도 아니라면, 네가 말하고 싶은 건 정확하게 무엇이야? 선생님은 한 치도 양보하지 않는다. 너그러우면서도 집요하다. "생각났어요." 드디어 남자아이가 말한다. "무지개는 방금 꼬리를 펼친 공작 같아요."

"무지개는 하늘에서 움직이는 알록달록한 띠 같아요." 두 명의 여자아이가 이렇게 적었다. 선생님은 그들에게 '움직이다'라는 말에 대해 다시 생각해보라고 권한다. "잠시 눈을 감고 그 무지개 띠를 상상해봐. 무지개 띠가 무엇을 하고 있니?" 넘실대니? 펄럭이니? 둥둥 떠 있어요. 마침내 아이들이 말하자 선생님이 그대로 적는다. "하늘에 둥둥 떠 있는 알록달록한 띠, 그것이 무지개다."

이 순간들은 뉴질랜드의 교육이 개혁 교육의 접근 방식과 완전히 다르게 기능하고 있음을 보여준다. 아이들이 자유롭게 기량을 펼치기를 바라면서도 뉴질랜드의 학교 교실에서는 절대로 반(反)권위주의 교육을 하지 않는다. 나는 이곳의 수준 높은 요구에 도리어 깜짝 놀랐다. 독일에서는 아이들에게 너무 많은 것을 요구할까 봐 늘 염려한다. 그래서 될 수 있으면 오래도록 아이를 보호하려 한다. 반대로 뉴질랜드 교사들은 학생들에게 아주 많은 것을 요구한다. 감정은 언제나 이야기의 출발점이다. 그렇다고 모든 감정 묘사가 좋은 텍스트로 이어지는 건 아니다. "여러분은 작가예요." 뉴질랜드 선생님은 학생들을 이렇게 부른다. 그리고 학생들을 작가처럼 대한다. 아이들은 작가와 마찬가지로 올바른 단어를 찾아내는 데 힘써야 한다. 내가 참관하는 2학년 학급에서 아이들은 의인화를 열심히 생각해내서 다음과 같은 문장을 만든다. "지우개가 낱말을 삼켰다." "파도가 바위와 권투를 한다."

또한 뉴질랜드 아이들은 작가와 마찬가지로 끊임없이 새 낱말을 수집한다. 앞에서 내가 묘사한 낱말 항아리가 많은 교실에 걸려 있다. 아이들은 가끔 공책 뒤쪽에 낱말 항아리를 하나 더 붙여놓고, 곧 자신의 이야기에서 한 번쯤 사용할 낱말을 그안에 기록한다. 뉴질랜드에서는 공책을 공책이라고 하지 않는다. 다섯 살짜리 내 딸의 A4 크기 공책에는 퍼블리싱 북(Publishing Book)*이라고 적혀 있다. 공책 안쪽에 선생님이 짧은 문구를 붙여주었다. "나는 작가이고 이것은 내 작품이에요." 딸은 이 문장을 아주 뿌듯해하며 읽는다. 누가 이 문장의 매력에 빠지지 않을까! 그리고 언젠가는 자신이 된다고 믿는 그 인물이 되지 않을까?

● 공책에 쓴 이야기를 책으로 묶어 출판한다는 (가정적인) 의미에서 붙인 명칭. 아이들의 글쓰기 능력 향상을 위한 수업 방식의 하나다.

*

뉴질랜드 교사들이 유혹의 명수라는 걸 나는 매번 확인한다. 어느 날 큰딸의 학급에서 큰 소동이 벌어졌다. 선생님이 검은 트렁크를 발견한 것이다. 일요일에 뭣 좀 준비하러 잠깐 학교에 나왔다가 발견했다고 한다. 선생님은 다른 선생님과 학부모들에게 이메일을 보냈지만 아무도 트렁크에 대해 아는 사람이 없었다. 경찰에 문의했더니 그들은 더 중요한 일이 있어서 못 온다고 했다. 하는 수 없이 선생님은 트렁크를 수업 시간에 열어보기로 결정했다. 아이들이 열광한다. 비밀이 가득한 트렁크라니, 어쩌면 보물 상자인지도 몰라! 오직 내 딸만 의심스러워한다. 딸은 최근 몇 년을 유럽에서 생활한 유일한 학생이다. 어딘가에서 수상한 물건이 발견되면 거리가 봉쇄되곤 했던 걸 기억한다. 그래서 딸은 주인 없는 가방이 보이면 당장 경찰을 불러서 오게 해야 한다고 말했다. 선생님은 그 말을 듣고 더 빨리 트렁크를 열었다. 안에는 내로 넉의 흑백 사진, 예쁘게 장식된 이집트산(産) 양철통, 오래된 지도, 축구 티셔츠, 그리고 부적이 달린 목걸이가 들어 있다.

아이들이 물건을 살펴본다. 수많은 질문과 추측과 아이디어가 나온다. "뭐라도 적어보세요." 선생님이 말한다. 아이들은 오래 머뭇거리지 않는다. 한 아이는 트렁크 주인에게 편지를 쓰고, 다른 아이는 오래된 지도로 시작하는 모험 이야기를 쓴다. 아이들을 닦달하거나 재촉할 필요가 없다. 트렁크 자체가 충분히 그런 역할을 하고도 남는다. 선생님이 트렁크에 물건을 집어넣었을 때 바랐던 것이 바로 이것이다.

작은 미끼를 이용한 에피소드가 또 있다. 형편이 어려운 집 아이들이 많이 다니는 학교에서 1학년생들은 읽기도 싫어하고 쓰기도 싫어하고 선생님에 대한 믿음도 거의 없다. 그 대신 아이들은 일주일에 한 번 수업을 망치는 작고 검은 잡종견 몬티를 좋아한다. 몬티는 교장 선생님의 친구다. 아이들을 무척 좋아해서 목요일마다 꼬리를 흔들며 1학년 교실에 앉아 아이들을 주의 깊게 바라본다. 결과는 대성공이었다. 평소엔 책을 손에 잡지도 않던 아이들까지도 개에게 기꺼이 뭔가를 읽어주는 것이다. 개가 사라지면 아이들이 말도 못하게 보고 싶어 한다. 그래서 하다 못해 자신들이 쓰는 짤막한 글에서나마 개를 교실로 불러들인다. "내가 책을 읽는 동안 몬티가 꼬리를 흔들었다." "몬티는 정말 귀엽다." 교실 벽은 그런 몬티에 관한 문장으로 빼곡하다. 뉴질랜드의 다른 학교들도 수많은 몬티로 가득하다. 어느 날 한 선생님이 자신이 키우는 개를 수업 시간에 데리고 들어왔던 모양이다. 뉴질랜드에서 기발한 아이디어의 운명이 늘 그렇듯이, 이 사례는 널리 퍼져나갔다. 집에서 컴퓨터 앞에 앉아 게임에 몰두하는 고학년 아이들은 블로그를 시작해보라고 하면 쓰기에 흥미를 느낀다. "아이들에게 써야 하는 이유를 주어야 해요." 교장 선생님이 말한다.

*

내로 넥 학교의 5학년 교실을 참관하면서 나는 이 말을 생각하지 않을 수 없었다. 몇 주 전부터 모험 소설 「탐험가」가 수업의 기본 주제가 되어 있다. 아이들 몇 명이 저희끼리 열대 우림에서 살아남는 이야기다. 이제 학생들은 열대 우림의 보존을 호소하는 에세이를 써야 한다. 그 전에 아이들은 글의 구조에 대해 미리 선생님과 이야기를 나누었다. 이제 글을 쓸 시간이 30분가량 주어진다. 몇몇 학생은 인터넷에서 재빨리 몇 가지 사실을 조사한다. 오직 한 남자아이만이 다른 데 정신이 팔려 있다. 아이는 유튜브를 서핑하며 뮤직 비디오를 본다. 선생님이 아이 옆에 가서 앉는다. "야스퍼스가 어떻게 됐는지 알고 있지?" 선생님이 묻자 아이가 고개를 끄덕인다. 야스퍼스는 선생님의 아들이다. 암에 걸렸다고 선생님이 전에 반 아이들에게 이야기한 적이 있다. 어느덧 야스퍼스는 다시 건강해졌다. "열대 우림이 없어지면 안되는 이유가 또 있단다. 그곳에서 암 치료에 도움이 되는 식물이 발견되었기 때문이야." 선생님이 말한다.

아이는 열심히 선생님의 말에 귀를 기울인다. 뮤직 비디오는 어느새 잊어버렸다. 이젠 글쓰기가 더 중요해졌다. 목숨을 구할 수 있는 것이니까.

열정적인 에세이를 쓴다는 것, 훌륭하고 멋진 일이다. 그런데 뉴질랜드에서는 대체 쓰기를 어떻게 배울까? 독일에서 나는 아이들이 한 주 내내 알파벳 글자를 그리다가 선 바깥으로 삐져 나간 것을 지우는 모습을 보았다. 뉴질랜드에서 첫 학교 수업이 끝난 날, 다섯 살짜리 딸이 자랑스럽게 내게 달려와 말했다. "엄 마, 내가 뭘 그렸어!" 딸은 종이 한 장을 높이 쳐들었다. 거기엔 겨드랑이에 작은 바디보드를 끼고 거대한 모래 언덕에 서 있는 여자아이가 그려져 있었다. 그리고 그 밑에는 "I wt t TP."라고 적혀 있었다.

딸이 학교에 입학하기 전, 우리는 뉴질랜드 사람들이 파 노 스(Far North)라고 부르는 지역으로 차를 타고 나갔다. 시드니 보다 남쪽에 있지만 뉴질랜드에서는 가장 북쪽에 위치한 곳이 다. 그중에서도 최북단인 레잉가 곶에서 두 개의 대양이 만난 다. 서쪽에는 태즈먼 해(海)가 있고 동쪽에는 태평양이 있다. 그 보다 먼 곳에서 두 바다의 파도가 서로 맞부딪친다. 마오리족에 게 레잉가 곶은 생명의 근원이자 영원으로 가는 길이다. 전설에 따르면 죽은 아오테아로아('뉴질랜드'를 뜻하는 마오리어) 사람들 의 영혼은 정확히 이곳에서 이승을 떠난다고 한다. "런던: 1만 8,029km"라는 표지판을 보니 우리가 유럽인의 삶의 상징적 장 소에서 얼마나 멀리 떨어져 있는지 알 수 있었다. 더운 날이었다. 우리는 테 파키(Te Paki)로 향했다. 고운 모래가 쌓인 모래 언덕 이 10km나 펼쳐져 있었다. 세계 어디를 가나 이런 곳은 다 상업 화되어 있을 것이다. 여기에도 핫도그 판매점, 놀이공원, "I love Te Paki"라고 적힌 티셔츠가 있었다. 그런데 여기에서는 어느 마오리 가족이 기우뚱거리는 도배용 작업대를 설치하고 그 위에 늘어놓은 바디보드를 빌려주고 있었다. 다섯 살 먹은 딸은 제 보드를 가지고 다녔다. 그걸 자랑스러워했다. 모래 언덕은 높이가 100m였다. 딸은 눈이 깊게 쌓인 곳을 걷듯이 어렵사리 모래 언덕을 걸어 올라갔다. 위로 올라가서는 바디보드를 내려놓고 그 위에 엎드려 몸을 쭉 펴고 마지막으로 한 번 더 우리를 올려다보았다. 그러곤 두 발을 굴러 그 반동을 이용해 아래로 내려갔다. 머잖아 딸은 작은 점이 되어 아래 모래 계곡에 도착했다. 딸은 그날 오후 쉬지 않고 모래 언덕을 기어 올라갔다. 그건 일종의 통과 의례였다. 어딘가로 몸을 던지고, 제 능력을 믿고, 도착하는 것이었다.

I wt t TP. 이건 그때의 경험을 들려주는 글자들이다. 완전한 문장은 선생님이 글자 위에 초록색으로 적었다. I went to Te Paki. 내 딸의 커다란 행복을 말해주는 이 짧은 이야기는 딸이 선생님과 단둘이 책상에 앉아 있을 때 탄생했다. 딸은 선생님에게 자신의 체험을 먼저 들려주고 그걸 하나의 문장으로 압축한 뒤, 마지막에는 어떤 글자를 써야 그걸 글로 적을 수 있는지를 생각했다. 그때 딸은 작은 알파벳 문자표를 이용했다. '알파벳 문자표'란 알파벳의 모든 글자가 해당 글자로 시작하는 물건의 그림과 함께 적혀 있는 카드를 말한다. 그런 다음 선생님은 틀린 곳을 수정하고 딸에게 문장을 올바로 쓰는 법을 정확하게 설명했다.

I wt t TP. 이 문장이 적힌 종이는 내 딸의 「퍼블리싱 북」에 들어갈 첫 작품이다. 책은 몇 주만 있으면 다른 문장들로 가득 찰 것이다. 선생님은 단지 아이들이 써야 할 올바른 문장을 보여줄 뿐이다. 크로스컨트리 경주를 하는 날이었다. 아이들은 풀로 뒤덮인 언덕 위로 긴 구간을 달렸다. 바다 위로 솟은 언덕에서는 랑기토토 화산섬이 보인다. I c rn. 그날 아침에 딸은 이렇게 적었다. I can run, 나는 달릴 수 있다는 뜻이다. 딸은 글자 위에 머리칼이 휘날리는 작은 사람을 그렸다. 그리고 경주에서 4등을 했다.

실비아 애슈턴 워너가 늘 강조한 것이 있다. 아이는 자신이 글로 쓰는 것의 주인이 되어야 하며, 이는 아이가 쓰는 내용이 진정한 체험, 그리고 마음 깊숙이 느낀 체험에 기초할 때 가능하다는 것이다. 이 말은 나의 두 딸이 쓴 문장에도 해당된다. 딸들은 몸의 움직임과 자유에 대한 충동에서 느낀 큰 기쁨을 글로 들려주었다. 뉴질랜드에서는 모든 아이들이 자기만의 문장을 쓰기 때문에, 마지막에 그 결과물이 교실에 나란히 걸리면 그건 다양한 개성을 비추는 작은 거울이 된다. "I am a sp hr." 내가 참관한 1학년 교실 벽에 이런 문장이 걸려 있다. 그 옆에는 "I am a sl b."라고 적혀 있다. 학년이 시작되자마자 이 아이들은 자신이 무엇이 가장 되고 싶은지 글로 적었다. 누구는 슈퍼 히어로(superhero, sp hr)가 되는 꿈을 꾸었고, 누구는 제 목표를 벌써 이루었다. 스쿨 보이(schoolboy, sl b)가 되고 싶은 아이였다. 이 반에서도 선생님은 아이들이 쓴 글 위에 완전하고 올바른 단어를 적어주었다.

쓰기는 뉴질랜드에서 언제나 문제 해결의 한 방식이다. 낱말 'he'를 적으려는 1학년생이 철자를 어떻게 쓰느냐고 선생님에게 묻자, 선생님은 바로 대답하지 않고 아이가 이미 알고 있는 낱말 'we'를 적은 뒤 묻는다. "넌 'we'를 이렇게 적는다는 걸 알고 있지? 그러면, 'he'를 어떻게 적겠니?" 다른 아이가 'candy'를 쓰려고 철자 'k'로 시작하자 선생님이 즉각 개입한다. "그건 이론적으로 맞을 수 있으나 사실은 틀린 철자야. 캔디는 'cat'처럼 'c'로 쓴다." 아이는 'c'를 적고 그다음 철자에 대해 곰곰 생각한다. 그리고 도움을 청하듯 선생님을 바라본다. 선생님은 아이에게 이미 쓸 줄 아는 단어, 예를 들면 'and' 같은 것을 참고해보라고 제안한다.

끝날 때쯤 칠판엔 많은 단어가 적혀 있다.

cat

and

hand

sand

그리고 가장 마지막 줄에 원래 쓰려던 단어를 적는다.

candy

독일 사람들에게 뉴질랜드 학교 이야기를 들려주면 자유로운 학교, 발도르프 학교 또는 몬테소리 같은 대안적 교육 이념을 떠올리는 사람이 많다. 하지만 이 둘보다 더 큰 차이를 보이는 학교는 별로 없을 것이다. 규율에 있어서는 뉴질랜드 학교가 독일의 평범한 학교보다 훨씬 엄격하고 명확하다. 수업이 개별적으로 각 학생의 요구에 맞춰 진행되기는 해도, 뉴질랜드 선생님은 언제나 상황을 지휘 감독하는 위치에 있다. 교사는 수업 진행의 연출자이고, 결코 주도권을 빼앗기지 않으며, 학생들에게 기대하는 바를 명확하게 얘기한다.

1학년 때부터 학생들은 작문을 할 때 '누가, 언제, 어디서, 왜, 어떻게'의 문제에 주의 깊게 답해야 한다. 개인적인 학습 목표는 공책 앞부분에 적어놓는다. 누구는 글을 왼쪽에서 오른쪽으로 쓰는 것이 목표이고, 누구는 단어 사이를 더 크게 띄어 쓰려고 노력한다. 3학년생들은 자신의 마지막 생일에 관한 이야기를 쓴다. 그 전에 선생님은 미리 훌륭한 글쓰기에 필요한 게 무엇인지를 정확히 설명한다. 그건 도입부, 사건 1, 사건 2, 사건 3이다. 당연히 감정도 빼놓으면 안 된다. 빠뜨린 것이 없나 확인하기 위해 마지막에는 텍스트의 각 부분에 색칠을 한다. 예를 들면 사건은 파랑으로, 감정은 노랑으로, 동사는 초록으로 표시한다. 내가 구경했던 아이들의 공책에는 도장과 함께 이런 글귀가 적혀 있다. "문장 부호, 대문자 사용, 맞춤법을 확인했나요?" 그 뒤에는 작은 네모 칸이 있어서 아이들이 체크 표시를 할 수 있다. 내가 들어간 2학년 교실의 앞쪽 벽에는 낱말 'they', 'their', 'they're'가 붙어 있다. 선생님은 이제 겨우 여섯 살이 된 아이들이 이 낱말들을 무조건 올바로 쓸 줄 알아야 한다고 생각한다.

독일의 많은 학교에서는 1990년대 중반에 '쓰기를 통한 읽기(Lesen-durch-Schreiben)' 방법이 도입되었다. 아이들이 우선 귀에 들리는 대로 쓰게 해야 한다는 교수법이다. 쓰면서 아이가 실수를 해도 의기소침해할까 봐 지적하지 않는다. 지난 몇 년간 이 방법은 점점 많은 비판을 받았고 일부 주에서는 그새 폐지하기에 이르렀다. 옹호자들과 반대자들이 치열한 논쟁을 벌이고 있다. 반면에 뉴질랜드 선생님들은 매우 유연하고 자연스럽게 교수법을 혼용한다. 물론 이곳에서도 아이들이 가능하면 독자적으로 글을 쓰기를 바란다. 그러나 뉴질랜드 교사들은 아이의 실수를 지적하지 말아야 한다는 생각을 완전히 잘못된 것으로 본다. 무엇보다 실용적인 이유에서 그렇다. 한번 배운 것을 다시 완전히 잊어버리는 게 얼마나 어려운지 누구나 인생 경험을 통해 알고 있다면, 왜 아이들이 잘못된 것에 익숙해지는 걸 허용하느냐는 것이다. 뉴질랜드 교사들이 실수를 교정하지 말아야 한다는 생각을 하지 않는 두 번째 이유는 다음과 같다. 이곳에선 실수가 나쁜 게 아니다. 오히려 높이 산다. 그러므로 어느 누구도 실수 지적이 아이의 의욕을 꺾는다고 생각하지 않는다. 그러나 뉴질랜드 교사들이 실수를 어떻게 교정하는지를 보면, 실수를 교정하는 잘못된 방법이 아이에게 얼마나 큰 좌절감을 줄 수 있는지 그들이 정확히 알고 있다는 것을 느낄 수 있다. 선생님은 아이가 쓴 원래 텍스트를 언제나 그대로 놓아둔다. 그리고 체크 표시를 할 만한 대목에도 모두 가장 높은 점수를 준다. 아이를 격려하기 위해서다. 수정한 글은 잘 읽을 수 있도록 원 텍스트 위에 적는다. 이때 선생님은 기본적으로 초록색 펜을 사용한다. 빨간색은 모든 부정적인 것들의 상징이 되었기 때문이다.

3학년 교실을 참관하면서 나는 선생님이 믿을 수 없을 만큼 진지하게 맞춤법을 다루는 것을 경험한다. 워드 워크 타임(Word work time)이라는 수업 시간이다. 이를 위해 선생님은 양면에 글을 인쇄해 코팅한 카드를 학기 초에 학생들에게 하나씩 나누어주었다. 카드에는 아이들이 철자법을 어려워하는 낱말과 낱말군이 적혀 있다.

"아이마다 받는 카드가 다른가요?" 내가 선생님에게 묻는다.

"당연하죠."

"그 말씀은, 누가 어떤 낱말을 자주 틀리게 쓰는지 선생님이 일일이 다 아신다는 뜻이겠네요?"

"맞아요."

"카드는 얼마나 자주 새로 만드시나요?"

"3개월에 한 번 만들어요."

나는 더 물어보려 했으나 낱말 공부가 시작되었다. 학생들은 각자 어려워하는 낱말을 연습한다. 그러나 그걸 30번씩 지루하게 베껴 적지 않는다. 선생님이 다양한 교구를 책상 위에 놓는다. 구식의 석판, 색분필, 굵은 사인펜, 자석 글자판, 점토가 있다. 무엇을 사용할지는 아이들이 스스로 결정한다. 단지 낱말을 연습하는 것, 그것만은 반드시 해야 한다. 내가 뉴질랜드에서 자주 목격하는 원칙이다. 목표를 정할 때 선생님은 권위적이지만, 그 목표를 향해 가는 방법을 설정할 때는 아이들에게 자유를 허락한다. 한 여학생이 'went'와 'which'를 알록달록한 자석 글자판으로 만든다. 여학생의 친구는 낱말 'alright'를 점토로 만들려 하지만 점토가 너무 딱딱하다. 여학생이 두 손으로 점토를 반죽하기 시작한다. "점토가 따뜻하고 물렁물렁해져서 그걸로 글자를 만들 때가 좋아요." 아이가 내게 말한다. 수업이 끝나자 선생님은 이 글자 예술을 사진으로 찍어 앱을 통해 부모에게 전송한다.

6

권력을 쥔 학부모

나는 이 책을 읽는 많은 사람들이 고개를 가로젓는 걸 상상한다. 모든 학생에게 개별 학습 카드를 만들어 준다고? 선생님이 보물 트렁크를 꾸린다고? 거기다 부모들은 사진 자료까지 받아본다고?

동화를 들려주는 시간이란 말인가?

나 역시 그런 생각을 했었고 대단히 미심쩍어했다. 뉴질랜드 사람들이 1980년대에 학교 시스템을 완전히 갈아엎었고, 개인 맞춤별 학습에 성공했으며, 그럼에도 열정적인 교사들이 모든 아이의 기대에 부응하려고 노력하다가 결국엔 완전히 지쳐버리는 희생을 치르지 않았다는 걸 알기 전까지는 말이다.

40년 전 뉴질랜드의 교육 기구는 상당히 비대했다. 교육에 지출된 돈의 70%가 관료 사회로 흘러 들어가고 30%만이 학교로 투입되었다. 심지어 학교에 비치되는 가위의 수량도 상부 기관에서 결정했다. 이걸 바꾸기 위해 사민주의 총리 데이비드 롱이(David Lange)는 1987년 7월에 기업가 브라이언 피콧(Brian Picot)을 중심으로 하는 전문가 집단에 평가를 맡겼다. 피콧은 뉴질랜드 최대 슈퍼마켓 체인 중 하나를 설립한 사람이다. 그는 1988년 4월에 교육 환경 보고서를 제출했다. 학교 시스템이 중앙 집권화되고 경직되었으며, 의사 결정권자들은 그들이 내린 결정의 영향으로부터 멀리 떨어진 사람들이라는 결론이 나왔다. 피콧은 학교가 재정을 포함해 스스로 관리 및 운영을 맡을 것을 권했다. 4개월 후 정부 측으로부터 '내일의 학교'라는 이름으로 답변이 나왔다. 정부는 모든 학교가 교장 선생님과 학부모 대표와 교사들로 구성된 자문 위원회를 두고 운영하되 자문 위원회 위원은 각각 3년 임기로 선출하기로 결정했다.

이 개혁 이야기를 들었을 때 나는 가장 먼저 이런 생각을 했다. 뭔지 알겠어. 1980년대의 전형적인 신자유주의적 실험이군. 학교는 말하자면 민영화되고, 국가는 자신이 져야 할 책임에서 뒤로 물러나고, 그러면 그 순간부터 시장이 모든 것을 지배하겠지. 슈퍼마켓 체인 대표에게 자문했으니 당연한 결과야. 하지만 학교생활에 나타난 개혁의 결과를 자주 경험할수록, 뉴질랜드 사람들과 더 많은 이야기를 나눌수록 나는 자신이 없어졌다. 정치적으로 좌파에 가까운 사람들 중에서도 이 개혁을 근본적으로 잘못 되었다고 여기는 이는 거의 없었다. 맞다. 뉴질랜드 총리가 대기업 경영자에게 교육 제도를 새로 정비해달라고 요청했다. 그래서 어떻다는 말인가. 성공은 성공이다. 지금은 교육에 지출되는 돈의 70%가 곧바로 학교로 들어간다.

"교육부에 책임을 지우지 않겠다는 결정은, 표준적인 해결책이 교육 분야에서는 통하지 않는다는 인식에서 나왔습니다." 교육학자 데릭 웬모스(Derek Wenmoth)가 내게 말한다. "학교마다 요구하는 것이 너무 달라 어쩔 수 없이 아이들의 행복을 가장 우선시하는 이들을 참여시킬 수밖에 없었어요. 그건 학부모들이지요. '내일의 학교'와 함께 학부모에게 권력이 주어졌습니다." 뉴질랜드 총리는 국립 학교를 결코 사립화할 생각이 없었다고 한다. "그는 사립 학교가 필요 없을 정도로 국립 학교를 훌륭하게 만들려고 했습니다."

개혁이 구체적으로 무엇을 의미하는지 내가 알게 된 건 빈곤 지역에 있는 어느 학교를 찾아갔을 때였다. 선생님은 거의 매일 아침 1학년생들과 뉴스 모임을 하고 있었다. 아이들이 각자 전날에 일어난 일을 이야기하는 시간이었다. 좋은 것이든 나쁜 것이든 상관없었다. 선생님은 아이들이 남의 말을 경청하고 특히 남들 앞에서 말하는 법을 배우기 위해서는 이게 중요하다고 말했다. 선생님도 이런 방식으로 아이들의 어려운 집안 사정에 대해 더 많이 알게 되었다. 아이의 부모님이 다투었을까? 둘 중 한 명이 일자리를 잃었을까? 아니면 그 밖에 다른 문제가 있을까?

"어제 우리 집에 새 텔레비전이 생겼어요." 한 남자아이가 말한다. "어제 나는 텔레비전을 보았어요." 여자아이가 말한다. 그러는 동안 남자아이 세 명이 몸을 가만히 두지 못하고 버둥거린다. 또 다른 여자아이는 할 말이 전혀 없다. "혹시 남동생이랑 같이 놀았니?" 선생님이 묻는다. 나는 선생님이 남동생의 이름까지 아는 것이 놀라웠다. 여자아이는 대답하지 않는다. 남자아이 세 명이 계속 버둥거린다. 나중에 선생님이 해준 말에 따르면 그 여자아이는 원래 거의 말을 하지 않으며 남자아이 셋은 가만히 앉아 있지도 못하고 연필과 가위도 잡을 줄 모른다고 한다. 그래서 선생님은 학년 초가 시작하자마자 휴식 시간에 교장실로 찾아갔다. 그리고 7일 후에 도움을 받았다. 일주일에 네 번 언어치료사와 작업치료사가 와서 네 아이에게 개별 학습을 해준다. 나는 작업치료사가 남자아이 세 명과 소근육 운동과 조정력을 연습할 때 참석했다. 아이들은 지그재그 선을 잘라내고 오른손과 왼손으로 동시에 그림을 그렸다. 학교가 자체적으로 재정을 관리하지 않았다면 아마 결과는 달라졌을 것이다. 날마다 보는 선생님이 하는 지원 요청을 교장 선생님이 못 들은 체하기란 그리 쉽지 않다. 그러나 선생님이 보낸 이메일을 받은 교육부서 담당자는 안타깝게도 그럴 개연성이 높다.

행동 장애나 신체 장애가 있는 아이들이 일반 학교에 다니는 건 뉴질랜드에서 당연한 일이다. 그러나 학교는 독일에서처럼 교육 당국에 통합 교육을 위한 보조 교사를 보내달라고 구걸할 필요가 없다. 그건 자문 위원회에서 담당한다. 학부모와 교사와 학교 관리자들은 무슨 일이 벌어졌는지를 직접 듣기 때문에 지원에 인색하지 않다. 신체장애아, 자폐아, 공격적인 아이들은 교사가 보조 교사를 지원받아야 하는 이유다. 큰딸의 학급에도 한 여성이 들어와 상당한 시간을 앉아 있다. 그녀는 평소엔 못 보고 지나치기 쉬운 아이들을 돕는다. "지나치게 활동적이고 시끄러운 아이들은 모든 사람의 이목을 집중시키죠. 하지만 조용한 아이들은 어떤가요?" 그녀가 내게 말한다. 일주일에 최소한 몇 시간이나마 그녀가 이 일을 하고 그에 대한 금전적 대가를 받게 된 건 자문 위원회의 결정 덕분이었다. 그리하여 교육 당국에서는 분명히 필요하지 않다고 보았을 이 여성은, 수학 시간에 모든 걸 알면서도 수업 내내 거의 침묵하는 한 여자아이 뒤에 앉아 아이에게 개인적으로 용기를 북돋아준다. "자, 말해봐, 난 네가 답을 알고 있다는 걸 분명히 알아."

독일의 일반적인 풍경을 보자. 8시 5분, 이제 막 아이를 학교에 데려다준 보호자들은 굳게 닫힌 학교 정문 앞에 서서 열을 올린다. 음악 수업은 교사가 아파서 또 하지 못하게 되었고, 체육관은 걸핏하면 무슨 협회가 차지하고 있고, 화장실에는 화장지가 없다.

뉴질랜드에서 나는 이렇게 집단으로 모여 불평하는 학부모들을 한 번도 본 적이 없다. 처음엔 그게 이상했지만 곧 알게 되었다. 뭔가가 마음에 들지 않는 사람은 학교 바깥에 있지 않고 안에 들어와 바꾸려 한다는 것을. 내로 넥의 학교에서는, 교사를 도울 의향이 있다는 전제하에, 학부모들이 수업에 들어오는 걸 언제든지 환영한다. 내 딸의 학급에서 미술 프로젝트를 했을 때는 남편이 참석했고, 얼마 뒤 수학의 날에는 내가 가서 도왔다. 상생의 환경이다. 학부모는 학교가 학생들을 그냥 삼켜버리는 블랙박스처럼 기능하지 않을 때 행복하다. 선생님들도 도움의 손길에 기뻐한다. 자문 위원회에서 학부모들은 더 활발하게 참여할 수 있다. 이런 식으로 학교와 연결되어 있는 사람은 한편으로는 학교 운영에 뒤따르는 모든 어려움을 잘 알기 때문에, 또 한편으로는 스스로 뭔가를 바꿀 수 있기 때문에 불평도 덜하다.

내로 넥의 학교에서 자문 위원회에 속한 사람으로는 교장과 교사 한 명 외에 다섯 명의 학부모 대표가 있다. 신규 교사를 채용할 때도 늘 학부모 대표 한 명이 참석한다. 우리 가족이 내로 넥에 있을 때 열린 회의에서는 새로운 예초기 구입과 같은 사소한 일들이 안건으로 올라왔다. 그러나 학부모들은 이 안건 외에 체육 수업을 교육적인 면에서 더 값지게 설계하고 화장실을 개조하는 일도 추가 안건으로 올리고 그 일을 위한 돈을 마련하기로 결정했다. 독일 학부모들이 관심을 기울이는 것과 전혀 다르지 않은 주제들이다. 다만 뉴질랜드 학부모들은 그런 문제가 생기면 회의에서 의제에 올려놓지, 아이를 데려다준 뒤 학교 정문 앞에서 화를 내며 이야기하지 않는다.

국제적인 교육 전문가들은 뉴질랜드의 교육 개혁을 가리켜 '지진 방식'이라고 표현했다. 증상이 나타날 때마다 하나하나 어설프게 고치는 게 아니라 시스템을 한 번 크게 뒤흔든다는 뜻이다. 가끔 나는 뉴질랜드의 역사가 짧은 게 이 나라에 유익하다는 생각을 한다. 오래도록 지속되어온 전통이 없으니 힘겹게 깨부술 것도 없다. 게다가 불의 고리에 놓여 있기 때문에 뉴질랜드 사람들은 진동이라면 너무나도 익숙하다.

독일에서 우리는 학교가 변해야 한다고 쉬지 않고 말한다. 그런데도 달라지는 건 별로 없다. 큰 변혁에는 많은 시간이 필요하다고 믿기 때문에 그저 느긋하게 내버려두는 것이다. 뉴질랜드에서는 대대적인 교육 개혁을 입안하고 실행에 옮기기까지 14개월밖에 걸리지 않았다. 이 기간 동안에 교육부의 담당 부서는 규모가 훨씬 작은 부서로 축소되었고, 전국적으로 광고를 내어 학부모들에게 자문 위원회 선거에 나가달라고 호소했다. 교장 선생님과 학부모들은 개혁이 어떤 식으로 진행되는지 배우려고 강좌를 들었으며, 그 결과 공동으로 학교를 운영해나간다는 사실을 알게 되었다. 마지막에 가서는 협조적인 학부모가 많지 않은 학교가 아주 드물었다.

독일에서는 타성만이 아니라 교조주의도 발목을 잡는다. 독일인은 원칙주의를 고수할 때 가장 편안함을 느낀다. 우리가 사는 베를린의 이웃 지역에서 학교 앞의 생울타리 나무를 몇 달 간 잘라주지 않았다. 결국 나무가 너무 높이 자라 교실에 그늘을 드리웠고, 생울타리 안으로 노숙자가 들어와 아이들이 먹으려고 집에서 싸온 빵을 구걸했다. 학부모들은 격분했지만 자치구 관청은 꼼짝도 하지 않았다. 어느 학생의 아버지가 학교에서 자체적으로 전지 작업을 하자고 제안했으나 다른 학부모들이 완강히 반대했다. 관청이 할 일을 우리가 하기 시작하면 어떻게 되느냐는 것이었다. 아이들은 그 후에도 오래도록 어두운 그늘에 앉아 있어야 했다.

교육에 돈을 써야 하느냐 하는 문제에서도 독일인들은 상황에 따라 달라지는 복잡한 대답을 좋아하지 않는다. 그래서 베를린에서는 모든 학부모에게 어린이집 보육료를 면제했다. 교육은 소중한 자산이다. 다만 유감스러운 것은 부유한 학부모들의 돈을 좋은 일에 사용하지 못하는 것이다. 예를 들어 더 많은 교사를 채용하고 그들에게 적절한 봉급을 줄 수도 있었다. 뉴질랜드에서는 이 정도로 원칙에 얽매이지 않는다. 이곳의 교육 전문가들은 교육에 얼마나 돈을 들여야 하는지를 사안별로 판단하기로 결정했다. 이를 위해 개발한 것이 10분위 시스템인데 내가 보기엔 이 분야에 존재하는 제도 중에서 가장 현명한 정책이다. 이는 뉴질랜드의 2,500여 개 학교를 주기적으로 10개 집단으로, 이른바 10분위수로 나누는 것이다. 어느 학교의 주변 지역의 평균 재정 상태를 파악하기 위해 그곳에 사는 각 가구에 관해 정보를 수집한다. 판단 기준은 부모의 수입, 직업, 침실당 거주 식구 수, 교육 수준, 국가의 지원을 받는 식구 수 등이다. 1분위에는 사회적으로 취약한 가정 출신의 학생 수가 가장 많은 하위 10% 학교가 속한다. 10분위에는 그런 학생 수가 가장 적은 상위 10% 학교가 속한다. 국가의 재정 지원 액수는 분위 값에 따라 다르다. 10분위, 즉 상위 10% 학교들은 국가의 재정 지원을 가장 적게 받는 대신 학부모들이 기부금을 낸다. 그만큼 1분위 학교들은 더 많은 돈을 나라에서 지원받는다. 독일에서는 교육에 배정된 돈을 대부분 일률적으로 지출한다. 그러나 뉴질랜드 사람들은 공정한 사회는 모든 사람을 똑같이 대우해야 이루어지는 게 아니라, 모든 사람에게 똑같은 조건을 마련해주어야 이루어진다는 것을 깨달았다.

내가 뉴질랜드에서 이야기를 나누었던 모든 교사들이 매번 주문처럼 되뇌는 것이 뉴질랜드의 커리큘럼이다. 전국적으로 시행되는 이 교과 과정에는 아이가 학교를 다니는 동안 계발해야 하는 핵심 능력이 규정되어 있다. 사고하기, 상징과 언어를 사용하기, 남들과 관계 맺기, 제 몫을 다하기, 자기 관리하기 등이다.

사실 나는 '능력'이라는 개념을 어떻게 이해해야 할지 몰랐었다. 독일에서는 가치가 하락할 정도로 너무 흔하게 사용되고 있는데도 그 의미는 외려 불분명한 개념이다. 그러다 뉴질랜드에

와서 내 의심은 사라졌다. 커리큘럼에서 핵심 능력을 기술해놓은 방식이 나에게 영감을 준 덕분이다. 예컨대 커리큘럼에 따르면 자기 관리는 목표 정하기, 계획 세우기, 스스로 동기 부여하기를 의미하며, 언제 앞장서고 언제 뒤따라야 하는지, 언제 독자적으로 행동하는 게 가장 좋은지 아는 것을 의미한다. 남들과 관계를 맺는 능력에 대해서는 다음과 같이 설명했다. "적극적으로 경청하고, 각기 다른 입장을 인식하고 협의하는 능력이 여기에 포함된다. 남들과 좋은 관계를 맺을 줄 아는 학생은 상황에 따라 다양한 역할을 할 수 있다. 이런 사람은 자신의 말과 행동이 남에게 어떤 작용을 하는지 알고 있으며, 언제 경쟁하는 것이 적절하고 언제 협동하는 게 나은지를 안다." 커리큘럼에 나온 그 밖의 몇 구절은 소박한 삶의 지혜를 드러낸다. 예를 들면 아이에게 문학을 즐기는 법을 가르쳐야 한다는 것, 모든 8학년생은 요리할 줄 알아야 한다는 것이 있다. 나는 커리큘럼이 교육과 관계가 있는 모든 사람이 모여드는 우산과 같다는 말을 선생님들로부터 들었다. 그러다 어느 날 한 선생님이 당연히 물어볼 만한 질문을 했다. "독일의 커리큘럼은 어떤가요? 무슨 내용이 적혀 있나요? 그곳의 비전은 무엇인가요?"

뉴질랜드 교사들이 새로운 것을 경험하는 데 늘 열정적으로 관심을 쏟는다는 건 이미 알고 있었다. 내가 방문했던 학교에서 세 명의 교사가 수업 참관을 위해 2주 동안 핀란드로 파견되었다. 그들이 없는 기간에는 대체 교사를 투입했다. 세 명의 교사가 돌아와 어떤 보고를 할지 전 교원이 긴장된 마음으로 기다렸다.

내게 질문한 선생님이 무척 궁금해하는 표정으로 나를 바라본다. 학교 마당에서 벌어지는 폭력, 교사 부족, 학년제를 둘러싼 논쟁*이 떠오른다. 우리의 비전이 무엇이었더라? 독일에는 전국적으로 적용되는 의무적인 커리큘럼이 없다고 마침내 내가 쭈뼛거리며 말한다. 그런 건 없지만 교육 연방제가 있어서 각 주마다 독자적인 커리큘럼을 운영한다. 여기엔 주들이 서로 경쟁한다는 장점이 있다. 선생님의 눈이 휘둥그레진다. 교육을 중요하지 않게 여기는 나라인가? 이 여자는 무슨 얘기를 하는 거지?

선생님은 내가 사는 주의 커리큘럼에 무엇이 적혀 있느냐고 다시 묻는다. 나는 어깨를 들썩인다. "솔직히 말하면 그걸 읽어보지 않았어요. 그리고 그게 중요하다고는 생각하지 않아요." 그러자 선생님은 더는 아무 말도 하지 않는다.

그날 저녁 아이들이 잠자러 갔을 때 나는 죄책감이 들어 노트북을 켰다. 베를린-브란덴부르크의 기본 커리큘럼을 열어보았다. 거기에서 이런 문장들을 발견했다.

---

* 초중등 교육을 12학년으로 할 것인지 아니면 13학년으로 할 것인지에 대한 논쟁.

"협동 모델의 확대 직업 교육(EBR) 학급과 통합 모델의 A
과정의 수업에서는 기본 교양을 전수한다."

"단계 E와 F 및 G와 H의 수준은 이중학년 단계 7/8 및
9/10과 서로 적절히 맞물려 있다."

"단계 G는 단계 D에서 기술한 능력을 포함한다(단계에 관
한 상세 설명은 2장 C 참조)."

나는 노트북을 얼른 껐다. 얼마 후 뉴질랜드 학교의 커리큘럼
을 내려받고는 적잖이 놀랐다. 49쪽짜리 얄팍한 문서에 화산과
양치식물과 바다 그림이 그려져 있었다. 첫 페이지에 나온 그림
은 신비로운 나선형 집을 가진 소라고둥이었다. 수학자들은 이
런 걸 '로그 나선'이라고 하는데, 근본적으로 곡선 모양이 달라
지지 않고 한없이 증가할 수 있다. 커리큘럼에서는 이런 나선이
자연에서도 발견된다고 설명한다. 예컨대 해바라기, 사이클론,
심지어 소용돌이 은하에도 있다. 이로써 소라고둥은 지적인 성장
의 전형이며 뉴질랜드 커리큘럼에 딱 들어맞는 상징이라고 한다.
그다음엔 커리큘럼 제작에 참여한 모든 사람에게 전하는 감사
의 말이 뒤따른다. "여러분은 자부심을 가져도 됩니다." 독일 커
리큘럼에서는 대략 비슷한 부분에 다음과 같이 적혀 있다. "학생
은 남성, 여성, 그리고 그 밖의 성 정체성을 가진 학습자다." 나는
뉴질랜드 사람들을 부러워하지 않을 수 없었다.

현재 사용되는 뉴질랜드 커리큘럼의 초안은 15,000명이 넘는 학생, 교사, 교장, 학부모, 전문가, 마오리족 대표들이 함께 작성했다. 작성한 뒤에는 모든 뉴질랜드 국민을 초청해 의견을 들었다. 거기에서 나온 모든 피드백을 꼼꼼하게 정리해 최종안 작성에 들어갔다. 전 국민의 의견을 반영하려면 시간과 노력이 들지만, 뉴질랜드에서는 그걸 기꺼이 감수한다. 폭넓은 합의가 장기적으로 많은 문제를 줄여준다는 걸 알기 때문이다. 오늘날 커리큘럼은 뉴질랜드 학교들을 하나로 묶지만, 평준화가 아니라 통일성을 지향한다. 교육 당국이 엄격하고 광범위하게 통제하는 대신에 뉴질랜드 국가가 처음과 마지막에만 개입하고 중간 과정에는 간섭하지 않는다. 커리큘럼에서는 핵심 능력과 함께 국내 모든 학교에 의무적으로 적용되는 학습 목표를 정의한다. 수가 크게 줄어든 교육 공무원의 주요 과제는 학교가 이 목표에 도달했는지를 평가하는 것이다. 각 학교가 어떤 방법으로 목표에 도달하는가는 부차적인 문제다. 사소한 일까지 들여다보는 미시 관리는 더는 존재하지 않는다. 그리고 그렇게 해서 성공을 거두었다. PISA(Program for International Student Assessment)나 TIMSS(Trends in International Mathematics and Science Study) 같은 국제적인 학업성취도 비교연구에서 뉴질랜드는 OECD 회원국의 평균을 넘어선다. "교육적인 결정은 상호 합의에 따라 이루어지며 과거의 결정을 기반으로 구축된다." 40여 년 전 OECD의 뉴질랜드 보고서에는 이렇게 적혀 있었다. 뉴질랜드 교육에서는 개인주의와 순응의 혼합을 볼 수 있다고 했다. 2017년 뉴질랜드가 세계 미래대비 교육지수에서 총 35개국 중 1위에 오른 것은 체계적인 교육 정책 덕분이라고 했다.

독일의 토크 쇼에서는 이주민, 조건 없는 기본 소득, 자동차 산업 등을 주제로 다룬다. 나로서는 다루지를 않아 매우 안타깝게 생각하는 주제가 있다. 교육 문제다. 학교 문제는 내가 아는 대다수 사람들의 일상에서 매우 중요한 사안인데도 연방의회에서 거의 토론에 부쳐지지 않는다. 이런 공백은 연방제 시스템과도 관계가 있다. 교육은 각 주의 문제이기 때문에 연방 정치가들은 침묵한다. 어차피 그들이 할 수 있는 것도 없다. 이로 인해 독일의 중차대한 문제가 인위적으로 하찮게 대접받고 있다.

연방제로 인해 현재 독일에는 16개의 교육 제도가 있다. 이 제도들이 만들어내는 결과는 매우 다르다. 바이에른 주에서 학교에 다니는 9학년생은 베를린의 동갑내기 학생에 비해 1년 6개월을 앞서간다. 그 이유가 어디에 있는지를 전문가들은 기꺼이 밝혀내야 할 것이다. 교육 연방제가 경쟁에 이바지해야 함에도 불구하고 이런 차이에 대해서는 철저한 원인 규명을 하지 않고 있다. 이로써 연방 주들은 서로 상대방으로부터 배우고 그렇게 해서 연방제를 성공적으로 이끌어갈 수 있는 기회를 저버리고 있다.

반면에 뉴질랜드 학교들은 의식적으로 지역 브랜드처럼 기능한다. 학교에는 공급품인 수업 내용과 목표 집단인 학생이 있다.

모든 학교들이 만들어야 하는 이른바 학교 헌장(Charta)에는 커리큘럼의 일반적인 요구 사항들을 어떻게 학생들의 특별한 욕구와 조화시킬지 설명하고 목표까지 명시해놓는다. 게다가 학교는 12개월에 한 번씩 자신의 취약점을 밝히고, 연간 목표를 세워 거기에 도달하려 노력하고, 1년에 한 번 학생들의 학습 성과를 측정하고 이를 핵심 목표 및 연간 목표와 비교하면서 스스로를 점검한다. 그 결과는 누구든지 확인할 수 있다. 모든 게 너무 이론적이고 아이들의 실상과 동떨어진 것처럼 들리는가? 그렇지 않다. 뉴질랜드에서는 커리큘럼의 핵심을 아이들도 이해할 수 있게 하려고 모든 학교에서 아이들 일상의 길잡이가 되는 가치들을 설정해둔다. 예를 들면 화나웅아탕아도 그중 하나다.

7

미세스 맘

화나웅아탕아를 처음 만났을 때 나는 당혹스러웠다. 우리가 내로 넥에 도착했을 때의 일이다. 여덟 살 먹은 큰딸의 첫 등교일을 앞두고 있었다. 알고 싶은 게 너무 많은 딸이 이것저것 질문을 쏟아내기에 나는 몇 가지를 대답해 주기로 한다. "우리 학교 교정을 한번 둘러볼까?" 호기심이 많은 성격인데도 딸은 미심쩍어한다. 딸이 베를린에서 다니던 학교의 정문은 주말에 잠겨 있다. 열려 있더라도 무턱대고 들어가서는 안 된다. 그러나 내로 넥의 학교에는 닫을 수 있는 문이 아예 없다. 기어 올라가야 하는 담도 없다. 학교는 그냥 인도가 끝나는 곳에서 시작된다. 그래서 우리는 풀밭을 걸어 4학년이 공부하는 작고 파란 건물로 들어간다. 이곳에서는 학년마다 뉴질랜드의 나무나 동물 이름을 붙이는데 4학년생들은 '카우리 아이들'이라고 부른다. 카우리 건물은 창문이 커서 내부가 쉽게 들여다보인다. 내가 세 개의 교실에서 본 것은 학교라기보다는 가정집에 가깝다. 양탄자, 쿠션, 빨간색 벨벳 소파, 그리고 벽에 걸린 아이들의 많은 그림. 특히 마지막 것은 아이의 작품을 자랑스러워하는 부모들의 거실에서 볼 법한 풍경이다. 딸은 아무 말도 하지 않았지만 두 눈은 웃고 있다. 그 순간 둘째와 셋째 딸이 통나무와 출렁다리와 그물이 있는 놀이터를 발견한다. 아이 셋이 달려가서 기어오르고 깡충깡충 뛰고 요란하게 소리를 지르는 통에 나는 신경이 조금 예민해진다. 관리인이 오면 어쩌지? 무단 침입이라도 저지른 거면 그야말로 안 좋은 출발이다.

이틀 뒤 우리는 다시 학교에 갔다. 이번에는 공식적으로 인사를 하기 위해서였다. 교장 선생님이 딸과 악수를 한다. 딸은 우리가 벌써 학교에 와보았었다고 말한다. 나는 딸이 영어를 거의 할 줄 모른다는 게 이번만은 예외적으로 기뻤다. 그런데 난감하게도 딸은 내가 통역해주기를 바란다. 나는 통역을 하고는 허겁지겁 우리가 정말 아주 잠깐, 순전히 우연히 지나가다가 들렀다고 덧붙인다. 교장 선생님은 내 설명에는 신경 쓰지 않고 딸을 보고 미소를 짓는다. "그거 아주 잘했네. 언제든지 오거라. 동생들도 데리고 와." 교장 선생님은 우리를 카우리 건물로 안내한다. 앞으로 딸의 담임을 맡을 선생님이 종이로 용을 접고 있다. 교장 선생님과 딸의 담임 선생님은 방학 때 캠핑을 하다 우연히 만났다. 나는 캠핑을 좋아하는 딸에게 이 말을 통역해주려고 몸을 굽힌다. 딸이 담임 선생님의 발을 바라보고 있다. "엄마, 선생님이 플립플롭*을 신었어. 우리랑 똑같아." 속삭이는 딸의 두 눈이 다시 웃고 있다.

뉴질랜드에서는 언제나 독일에서 알던 경계가 희미해지는 느낌이 든다. 학교에는 담장이 없고 선생님은 플립플롭을 신는다. 카우리 학급에는 카우리 선생님의 아들이 앉아서 공부한다. 학부모와 교사가 가끔 파티에서 만난다. 이따금 학부모가 오후에 예정보다 일찍 아이를 데리러 가면, 작고 파란 건물로 들어가 선생님이 그날 마지막으로 읽어주는 이야기를 함께 듣는다. 얼마 후 다섯 살짜리 작은딸이 처음 등교하는 날이 왔다. 소심한 독일 엄마인 나는 아이와 학교 문 앞에서 헤어지려고 했다. 방해하지 않고 빨리 떠나고 싶었다. 나중에 아이를 데리러 왔을 때 얼떨결에 창문 안쪽에 시선을 던졌다가 우연히 보는 것을 빼고는 수업 내용은 아무것도 듣지 않겠다고 마음의 준비를 했다. 그런데 딸의 담임 선생님이 나를 불러 세운다. 놀랍고 조금 당황스럽다. 딸과 함께 들어와서 전부 구경해보시지 않을래요? 아, 그래야죠. 당연하죠. 나는 좋아 어쩔 줄 모르며 얼른 대답한다. 딸의 손을 잡고 1학년생들이 공부하는 파란색 건물로 들어간다. 딸의

---

* 플립플롭(flip-flop): (엄지발가락과 둘째 발가락 사이로) 끈을 끼워서 신는 슬리퍼

배낭을 넣어두는 사물함과 구석에 있는 옷걸이를 둘러본다. 교실에는 엄마와 아빠 몇 명이 장난감 블록을 가지고 아이들과 함께 바닥에 앉아 있다. 내 딸은 가장 먼저 확대경과 나란히 쟁반 위에 놓인 소 해골과 새 둥지를 살펴보다가, 아이들 몇 명이 물감을 칠하고 있는 미술 책상 쪽으로 다가간다. "너도 할래?" 한 엄마가 내 딸에게 미술용 덧옷을 내민다. 딸이 덧옷을 입는다. "엄마, 안녕." 딸이 내게 말한다. 나중에 들은 바에 따르면, 다른 엄마는 점심 휴식 시간까지 그곳에 있었다고 한다. 그 딸은 적응하는 데 시간이 조금 더 필요했던 모양이다.

　독일에서 아이가 처음 등교하던 날이 생각난다. 아이들이 때론 눈물까지 흘려가며 선생님에게 이끌려 강당에서 교실로 들어가는 것이 입학 의례의 하나다. 뉴질랜드에서는 상상도 할 수 없는 일이다. 정해진 입학 날짜도 없다. 이곳에서는 다섯 번째 생일만 지나면 언제든지 학교에 들어갈 수 있다. 학교에 정확히 언제 들어갈지는 부모가 정한다. 부모에겐 12개월의 시간이 주어진다. 많은 학교들이 연중 언제라도 아이들을 받아들일 정도로 각 가정에 협조적이다. 이렇게 하면 아이들이 첫 등교일에 지나친 기대를 품는 것을 피할 수 있고, 아이가 벌써 들떠 있느냐며 온갖 사람들이 일주일 내내 물어보는 것도 막을 수 있다. 입학일은 차분하게, 있는 둥 없는 둥 다가온다. 아이는 그저 유치원을 다니다가 이제 학교에 다니는 것이다.

어린 시절을 보내는 부모 집과 학교, 이 두 지점이 독일에서는 자주 긴장 관계를 형성한다. 내가 알고 있는 독일의 많은 학교에서 학부모는 자녀를 학교 문 앞까지만 데려다줄 수 있다. 그렇게 해서 아이들의 독립성을 키워주겠다는 것이 이유다. 하지만 고작 몇 미터가 정말 그렇게 큰 효과를 낼까? 내 생각엔 일부 선생님들이 매일 아침 학부모들이 떼를 지어 교실 앞에 서 있는 게 그냥 싫어서인 것 같다. 물론 충분히 이해한다. 독일에서는 학부모들이 별난 요구를 하는 경우가 꽤 있다. 그래도 아이를 학교 문 앞에 내려놓고 가는 건 서로 싸우는 친권자들 간의 자녀 떠넘기기를 연상시킨다. 뉴질랜드에서는 학교와 부모 집의 역할을 의도적으로 겹치게 짜놓고 가능한 한 많은 교집합을 만들려고 한다. 첫 등교일이 지나고부터 나는 두 번 다시 작은딸과 학교 문 앞에서 헤어지지 않고 함께 안으로 들어갔다. 그렇게 하지 않았다면 무례한 행동이었을 게다. 내 자식과 가까운 사람에게 왜 최소한 친절하게 "안녕하세요?"라는 말을 하지 못한단 말인가?

선생님들도 마찬가지로 큰 노력을 한다. 예를 들면 한 주 동안 학교에서 일어난 모든 일을 짤막한 영상에 담아 매주 금요일에 학부모에게 보낸다. 나는 선생님에게 그게 반드시 해야 되는 일인지를 물었다. "아니요, 당연히 아닙니다. 그러나 학생들 중에는 남의 도움이 없으면 아무 이야기도 하지 못하는 아이들이 많아요. 우리가 여기에서 하루 종일 무엇을 하는지 아는 것이 부모님들에게도 더 좋죠." 선생님이 대답한다. 혹시 학부모들이 지나치게 간섭할까 두렵지는 않은지 묻자 그는 어리둥절한 표정으로 나를 바라본다. "그 반대예요. 교사와 학부모가 협력하는 게 저는 좋습니다." 선생님이 한 주의 영상을 보낼 때 쓰는 앱으로 아이들도 간간이 부모에게 사진을 보낼 수 있다. 공작 시간에 뭔가를 만들거나 글짓기를 한 뒤 보내는데 아이들은 이걸 특히 뿌듯해한다. 하지 마! 독일이라면 아마 이렇게 생각할 거다. 그런데 이걸 모든 사람이 원한다면 어떻게 될까! 뉴질랜드에서는 일단 시험 삼아 시작을 했다. 그 결과 모든 아이가 사진을 보내는 걸 원하지는 않지만, 보낼 수 있다는 걸 아는 것만으로도 부모를 보고 싶어 하는 아이에게는 큰 위안이 된다는 걸 확인했다.

우리는 종종 서로 거리를 둔다. 그렇게 하면 다툼을 피할 수 있다고 믿어서다. 그런데 놀랍게도 뉴질랜드에서는 가정과 교사의 접근을 허용하는데도 전혀 갈등이 늘어나지 않는다. 엄마가 자신의 담임 선생님인 어느 남자아이는 수업 시간에 담임을 '미세스 맘'이라고 불렀다. 난감한 상황을 유머로 돌파한 것이다. 전반적으로 이곳 학부모들은 내가 아는 독일의 학부모들보다 교사를 훨씬 더 존중하는 마음으로 대한다. 내가 방문했던 학교에서 교사가 학부모에게 앞으로는 플라스틱이 아닌 그릇에 아이 간식을 담아 보내달라고 요청했다. 나는 저항이 있을 거라고 예상했다. 독일이었다면 그런 공지는 받아들일 수 없는 간섭으로 느꼈을 것이다. 뉴질랜드에서는 그 이튿날 대부분의 간식 그릇이 정말로 플라스틱이 아니었다. 반대로 학교도 학부모의 요구에 무척 협조적으로 대응한다. 한번은 직장에 다니며 종종 저녁까지 일하는 엄마가 낮에 헐레벌떡 학교에 왔다. 두 개의 일정 중간에 잠시 짬이 난 것이다. 그녀는 급하게 새 신발이 필요한 딸을 수업 중에 데리고 나가 쇼핑을 하러 갔다. 직장 일과 집안일을 병행하며 조화시키는 것이 얼마나 어려운지 모두 알고 있다. 아마 선생님들도 형제자매가 셋인 그 여자아이가, 비록 신발 가게에 잠깐 들르는 것일망정, 엄마와 단둘이 얼마나 오붓하게 시간을 보낼지 알고 있었을 것이다.

카우리 선생님도 딸에게 이틀간 휴가를 허락해달라는 내 요청에 호의적으로 대응했다. 내가 뉴질랜드 휴일 날짜를 혼동하고 여행 예약을 했는데 그게 취소할 수 없는 것이었다. 친구들과 함께 가는 여행이었고 우리 역시 뉴질랜드를 관광하고 싶었다. 선생님에게 사정을 장황하게 설명하자 그는 손짓으로 내 말을 가로막았다. "이틀인데, 뭐 어떤가요. 가족끼리 보내는 시간이 더 중요하죠. 재미있게 보내세요!" 어느 남자아이의 조부모가 유럽에서 뉴질랜드를 방문했을 때 아이는 며칠 등교하지 않아도 된다는 허락을 받았다. 얼마 후 아이는 많은 이야기보따리를 들고 학교로 돌아왔다. 내 딸도 그랬다. 딸은 우리의 뉴질랜드 여행 중 보았던 모든 장소에 대해 반 친구들에게 사진 퀴즈를 냈다. 결국 배움이라는 것은 어디에서나 할 수 있고 그다음엔 자신의 지식을 나눌 수 있다.

내로 넥에 있는 작은 학교의 점심 휴식 시간이다. 아이들은 한 시간의 자유를 얻는다. 교무실에서 남자아이와 여자아이가 한 명씩 비서 선생님의 회전의자에 앉아 있다. 다리가 의자 밑으로 대롱거린다. "비서 선생님이 지금 식사 중이라 벨이 울리면 우리가 전화를 받아요." 여자아이가 내게 말한다. 나는 학교 풀밭을 걸어간다. 베를린에서 딸을 데리러 학교에 갔을 때 가끔 울먹거리는 아이들을 보았었다. 감독관들은 손이 열 개라도 모자랄 지경이었다. 내로 넥에서는 학교 부지가 넓은데도 오직 교사 한 명이 아이들을 감독한다. 아이들의 표정도 밝아 보인다. 몇 명은 벌집을 구경하고, 몇 명은 일요일에 산책이라도 하듯 팔짱을 끼고 풀밭을 걸어 다닌다. 큰딸은 친구들과 함께 종종 키 큰 나무에 앉아 있다. 아이들이 크게 무리 지어 복잡한 술래잡기 놀이를 하는 뒤쪽 풀밭에서 내가 찾아내기도 한다. 그러다 이따금 몸이 서로 부딪칠 때도 있다. 오늘도 한 여자아이가 제 머리를 문지른다. 친구가 재빨리 안아주자 여자아이가 다시 일어난다.

몇몇 아이들이 강당으로 사라지더니 곧 요란한 음악 소리가 쿵쾅쿵쾅 밖으로 울려 퍼진다. 타악기와 전자 기타 소리, 누가 노래하는 소리가 들린다. 밴드 연습 시간이다. "너희끼리 만든 거니?" 내가 묻는다. 네. 아이들은 대답한 뒤에도 내가 더 알고 싶은 걸 물어볼 때까지 기다린다. 그런 다음 연주를 계속한다. 6학년 여학생이 막 강당 문에 쪽지를 붙인다. 다음 주부터 자신이 휴식 시간에 여는 춤 강좌를 위한 설명회가 모레 열린다고 한다. 나는 계속 교정을 걷는다. 창고 앞에 한 무리의 아이들이 서 있다. 아이들은 창고에서 물뿌리개를 꺼내 높이 돋운 화단으로 가지고 가서 브로콜리, 시금치, 꽃양배추에 물을 주기 시작한다. 머잖아 채소를 수확하면 학교 앞에서 팔아서 그 수익금으로 새 씨앗을 살 거라고 한 남학생이 말한다. "내년 봄에는 파란색과 보라색 꽃을 심을 거예요. 인터넷에서 찾아보니 벌들이 그런 꽃을 특히 좋아한대요."

나는 고개를 끄덕이고 웃으면서 될 수 있는 대로 빨리 교장 선생님과 면담할 생각을 한다. 궁금한 게 있으면 언제라도 오라고 했었다. 나는 묻고 싶은 게 아주 많다. 왜 울타리가 없나요? 어째서 기물 파손 행위가 없나요? 아이들을 저희끼리 내버려두는데도 왜 치고받고 싸우지 않나요? 마침내 교장실에서 교장 선생님과 마주 앉는다. 그가 나를 온화한 얼굴로 바라본다. 학교에 울타리가 없는 건 뉴질랜드의 학교들이 전통적으로 해당 지역의 중심이기 때문이고, 중심 시설에는 빗장을 걸지 않는다고 한다. 기물 파손이 없는 건, 학교 교정이 아이들과 아이들의 가정과 내로 넥에 사는 모든 사람들의 것이고, 자기 것은 망가뜨리지 않는 법이기 때문이라고 교장 선생님이 말한다. 그리고 이 모든 건 한 가지 이유 때문이라고 한다. "이곳을 지배하는 것은 화나웅아탕아입니다."

화나웅아탕아는 정확히 말하면 스스럼없는 개방감이다. 처음에 나는 이걸 무척 이상하게 생각했다. 화나웅아탕아는 쉬는 시간에 비서 선생님이 편하게 식사할 수 있도록 그의 일을 대신하는 아이들이고, 아침에 자녀를 데려다주고 선생님과 수다를 떠는 학부모들이다. 화나웅아탕아는 아이들이 마오리어와 영어로 국가를 부르며 시작하는 학교 총회다. 국가가 끝나면 교장 선생님의 제안으로 우스꽝스런 노래를 부르는데, 가사엔 머리 모양이 또 엉망이 되었다는 어느 날의 이야기가 나온다.

화나웅아탕아가 하늘에서 뚝 떨어지는 게 아니라는 것을 마오리족은 알고 있었다. 그래서 화나웅아탕아가 생길 수 있도록 반드시 해야 하는 일을 가리키는 말도 있다. 와카화나웅아탕아(Wakawhanaungatanga)다. 모든 공동체적인 조치와 행동을 와카화나웅아탕아라고 부른다. 뉴질랜드의 학교에는 수많은 와카화나웅아탕아가 있다.

한 선생님이 학생들에게 정기적으로 모든 반 친구들과의 관계를 그림으로 그려보라고 한다. 그런 다음 누가 이 우정의 도표에서 자주 등장하고 누가 드물게 나오는지를 자세히 들여다본다. 이런 식으로 선생님은 어떤 아이들이 공동체의 일원이 되는 데 도움을 필요로 하는지 알게 된다. 또 다른 선생님은 교실에서 장난으로 작은 경쟁이 벌어질 때면 늘 직접 나서서 아이들과 겨룬다. 아이들끼리 불필요하게 승부 싸움을 해서는 안 된다는 것이 그의 생각이다.

내가 방문했던 어느 학교에서는 전 학년이 몇 주 동안 같은 주제를 가지고 수업을 했다. 내가 갔던 날의 주제는 우주였다. 1학년생들은 빈센트 반 고흐의 「별이 빛나는 밤」을 감상하고 하늘에 뜬 달을 한 달간 아침마다 그린다. 마지막에 가면 모든 달의 위상 그림이 교실에 걸린다. 3학년생들은 행성 모형을 만든다. 크기의 비율을 맞추는 건 당연하다. 그리고 시험 삼아 살아보고 싶은 행성을 하나 고르고 그곳에서 지구로 소식을 전한다. 6학년생들은 중국의 창세기인 반고 신화와 24개의 세계 탄생 이야기를 읽은 뒤 자기만의 신화를 구상한다. 피날레를 장식하는 것은 모든 학생과 교사가 변장하고 나타나는 대대적인 우주의 날이다.

또 다른 학교에서는 한 학년의 학급들 사이에 경쟁이 붙자 교장 선생님이 매년 아이들을 섞어 재배치하기로 결정을 내렸다. 독일이었다면 아마 학부모들이 반대했을 것이다. 자기 자식에게는 최고의 것을 주고 싶어 하면서도 무엇이 공동체를 위해 좋은 것인지 잊는 사람이 많은 것이다. 뉴질랜드에서는 교장 선생님의 결정에 모두 동의했다.

내로 넥에서 처음에 마음에 들지 않았던 건 대형 학급이다. 큰딸의 학급은 학생 수가 50명에 육박했다. 독일에 있을 때부터 나는 학생 수와 수업의 질을 동일시하는 데 익숙했다. 하지만 머잖아 그 장점을 알게 되었다. 예를 들면 경직된 순위 같은 것이 없고 아이들도 지나치게 서로를 비교하지 않는다. 그러기에는 수가 너무 많다. 다른 한편으로는 절대로 교사 혼자 수업을 맡아 하지 않는다. 4학년에는 담임 교사가 2명이고 1학년에는 4명이나 있다. 여기에서 협업에 기반을 둔 수업 방식이 탄생하는데, 나는 이게 내로 넥에서 특히 훌륭한 것 중의 하나라고 생각한다. 내가 겪어본 바에 따르면, 담임 교사가 2명인 교실의 선생님들은 모두 노련한 팀을 이루고 있었다. 그중 여자 선생님과 남자 선생님으로 구성된 한 팀은 늘《세서미 스트리트》*의 어니와 버트를 연상시킨다. 두 등장인물의 특징적인 차이를 아주 재미있게 보여준 것인데, 여자 선생님은 유쾌하고 활발했고 남자 선생님은 괴팍한 역할을 맡았다. 두 선생님이 서로 장난치고 놀리면 아이들이 좋아했다.

그러나 공동으로 수업할 때는 막간 희극의 성격을 넘어 분위기가 진지해진다.

"아이들하고 접착 스티커에 대해 이야기해야 하지 않을까요?" 아이들이 놀면서 접착 스티커를 다 써버리자 교실에서 한 선생님이 다른 선생님에게 묻는다. 아이들은 원래 접착 스티커를 사용해서는 안 된다.

"그럴 필요는 없을 것 같아요." 다른 선생님이 대답한다. "아이

들이 어떻게 해야 책임 있게 행동하는 것인지 스스로 알 거라고 믿어요." 두 선생님은 아이들을 꾸짖지 않고도 벌써 접착 스티커가 금기라는 것을 상기시켰다.

다른 학급에서는 아이들에게 자기만의 이야기를 쓰라는 과제를 내준다. 몇몇 아이들은 자신이 그걸 과연 할 수 있을까 하고 의심한다. 그때 여자 선생님이 우연인 것처럼 맞은편에 있는 남자 선생님에게 몸을 굽히고 다 들리도록 큰 소리로 속삭인다. "선생님, 제가 방금 아주 근사한 아이디어에 대해 들었어요. 그 이야기를 전부 읽고 싶어서 못 견디겠어요." 그러자 아이들이 곧장 과제에 열심히 몰입한다.

물론 제2의 교사는 일종의 사회적 감시자 역할도 한다. 다른 성인이 듣는 데서 아이에게 고함을 지르는 사람은 거의 없을 것이다. 그러나 더 중요한 것이 있다. 교사는 누가 옆에 있다면 절대로 자제력을 잃다시피 하는 상황에 빠지지 않을 것이다. 교사는 타인의 도움으로 격한 감정에 휩싸이는 상황에서 벗어날 수 있다는 걸 나는 여러 번 경험한다. 교사와 학생 간의 갈등이 심각해지면 제2의 교사가 재빨리 대화를 이어받는다. 그사이 이미 목소리가 높아진 첫째 교사는 잠시 커피를 마시며 흥분을 가라앉힌다. 그리고 2분 뒤에 여유를 되찾는다.

2명의 교사가 담당하는 수업이 특히 화나웅아탕아의 표현이라는 것을 나는 작은딸의 담임 선생님과 이야기하면서 확실히 느꼈다. 강단에 선 지 몇 년밖에 되지 않은 선생님이었다. "그렇

101

게 많은 아이들을 혼자서 가르친다면 저는 아마 무척 외로움을 느낄 거예요." 선생님이 말했다.

베를린으로 돌아온 후 딸의 담임 선생님이 아침에 서둘러 교실로 향하는 것을 볼 때마다 나는 자주 이 말을 떠올린다. 뭔가를 원하는 학부모들이 선생님을 둘러싸기도 하고 아이들도 포도송이처럼 주렁주렁 매달린다. 뉴질랜드 선생님의 말이 생각나는 때가 또 있다. 남편은 여행을 떠났는데 아이들은 식사하는 내내 서로 다투다가 방귀 소리에 발작적으로 킥킥대며 웃을 때다. 그러면 갑자기 남편이 한없이 그리워진다. 그 상황을 내가 혼자 해결하지 못해서가 아니라, 자녀와 부모 간에 근본적인 차이가 존재하고 그 순간 나는 그 공간에서 다른 어른의 필요성을 느끼기 때문이다. 우리 사회에서는 한 부모의 상황이 특히 정서적으로 얼마나 힘든지 많은 이야기를 나눈다. 그런데 왜 아이들을 가르치는 교사는 혼자 내버려둘까?

아스팔트 위에 드리운
자전거 그림자

"바비, 준비됐니?" 선생님이 묻는다.

바비가 끄덕인다.

바비는 맨 앞에서 두 선생님을 양옆에 두고 의자에 앉아 있다. 나머지 아이들은 교실 바닥에 반원형으로 자리를 잡았다.

"가슴이 두근거리니?" 선생님이 묻는다.

바비가 다시 고개를 끄덕인다.

"그럼 시작하자." 선생님이 말한다.

"바비는 무지무지하게 빨라요." 한 여자아이가 말한다.

"바비는 잘 기다릴 줄 알아요." 한 남자아이가 말한다.

"바비는 춤을 멋지게 춰요." "바비는 자기 물건을 빌려줘요." "바비는 좋은 뜻에서 미쳤어요." 아이마다 바비의 어떤 점이 좋은지 말하고, 선생님은 그걸 모두 포스터 크기의 바비 사진에 적어 벽에 붙인다. 벽에는 이미 다른 아이들의 칭찬을 적은 사진들이 걸려 있다. 바비가 빠르다는 문장은 그의 머리 위에 적혀 있고, 잘 기다린다는 글은 그의 오른팔 옆에 적혀 있다. 바비의 몸 전체가 칭찬의 말로 둘러싸여 있다.

"바비는 양동이를 채워주는 아이예요." 마지막에 한 여자아이가 말하자 그 옆의 남자아이가 고개를 끄덕인다. 최근에 아이들이 선생님과 함께 읽은 책에, 모든 사람은 보이지 않는 양동이를 가지고 다니면서 그 안에 자신에 대한 좋은 느낌을 보관한다고 적혀 있다. 사람은 양동이가 가득 차면 행복하고 양동이가 텅텅 비면 슬프다. "너는 네 양동이를 채워줄 다른 사람이 필요하고, 다른 사람은 그의 양동이를 채워줄 네가 필요해." 책에 나오는 말이다. 관심과 공감과 협조 정신을 보여줌으로써 양동이를 채워주는 사람이 된다는 건, 오직 성취를 통해서만 자존감을 느끼는 것이 아니라 주변 사람을 위해 뭔가를 해줄 때도 자존감을 퍼 올릴 수 있다는 걸 의미한다.

그런데 누가 와서 양동이를 채우지 않고 쏟아버리면 어쩌나?

내가 방문했던 학교에 닐이라는 2학년 남자아이가 있었다. 닐은 다른 아이들의 양동이를 차례로 뒤엎고, 소리를 지르고, 화를 내고, 아이들을 때렸다. 독일이었다면 학교에서 쫓겨났을 거다. 선생님들도 퇴학에 대해 논의했지만 그러지 않기로 했다. 그렇게 했다면 선생님들은 편했겠지만, 닐을 맡을 다음 선생님들은 분명히 더 힘들었을 것이다. 문제를 남에게 떠넘겨서는 해결되지 않는다. 그래서 선생님들은 닐을 한동안 3학년 교실에 보내기로 했다. 닐에게는 새로 시작할 기회를 주고, 2학년 아이들에게는 닐로부터 회복할 기회를 주려는 것이었다. 그뿐만 아니라 닐에게는 보조 교사까지 붙였다. 닐은 정기적으로 교장 선생님과 면담을 해야 했다. 3학년 교실에서 공부를 시작하기 전날, 교장 선생님은 닐과 오랫동안 대화를 나누었다. 자신이 닐에게 무엇을 기대하는지 분명하게 얘기했다. 그리고 무척 다정한 말투로 물었다. 너는 자주 화를 내지만 그래도 너를 행복하게 해주는 것이 있겠지. 그게 과연 무엇일까? 레고요. 닐이 대답했다. 그 나이의 남자아이에게서 나올 만한 말이었다. 하지만 그다음에 뜻밖의 대답이 나왔다. 춤추는 거요. 닐이 덧붙였다. 춤추는게 가장 행복하다고 했다.

오늘은 닐이 새 교실에서 공부한 지 나흘째 되는 날이다. 평소에 휴게실로 쓰이는 작은 공간이 그의 왕국이자 작은 안식처가 되었다. 첫째 날 이곳엔 환영의 인사로 레고 상자가 탁자에 놓여 있었다. 담임 선생님은 매일 아침 전날에 찍은 닐의 사진들을 걸어놓는다. 반 친구들과 함께 뭔가를 만드는 모습, 제 책상을 치우는 모습, 빨간 자루에 앉아 선생님 어깨에 머리를 기대고 선생님 이야기를 듣는 모습이다. 그 사진들은 선생님이 닐과 어디로 가고 싶은지 보여주고, 닐에게는 그가 해낼 수 있다는 걸 증명한다. 그러나 오늘 닐은 또 선생님의 바람과는 동떨어진 행동을 했다. 자신과 똑같이 행동하지 않겠다는 남자아이와 싸우고 고래고래 소리를 지른다. "소리 지르지 마, 닐." 선생님이 말한다. 그러나 닐은 더 크게 고함을 지르고, 상자를 발로 차고, 선반을 두들겨 부순다. 폭풍처럼 한바탕 교실을 휘저어놓고는 문밖으로 뛰쳐나간다. 보조 교사가 닐을 뒤따라 나간다. 교실이 갑자기 쥐 죽은 듯 조용하다. 선생님이 아이들을 바라본다. 대부분의 아이들이 고개를 숙이고 있다. "이리 와." 선생님이 말하자 아이들이 총총걸음으로 앞으로 나와 모닥불 옆에서 몸을 녹이듯이 선생님 주위로 몰려든다. "옛날에 내 딸이 어땠는지 난 아주 잘 안단다." 선생님이 이야기를 꺼낸다. 방금 전까지 교실 바닥을 응시하던 앞줄의 아이들이 궁금한 듯 고개를 들고 쳐다본다. "내 딸도 끔찍할 정도로 성질을 부렸어." 선생님이 말을 이어간다. "정말 너무나도 걱정스러울 지경이었지. 기억나는 일이 있어. 어느 날 백화점에 갔다가 꽥꽥 소리치는 딸을 겨드랑이에 끼고 나와야 했단다. 부피 큰 서핑 보드를 끼고 걷는 느낌이었지. 아이가 화를 내며 어찌나 몸을 버둥거리는지 내가 붙들고 있기가 힘들었어." 선생님은 발버둥 치는 뭔가를 옮기려고 애쓰는 시늉을 한다. 아이들이 킥킥 웃는다. "딸이 미친 듯이 화를 냈어. 왜 그 가게에 있는 장난감을 자기가 다 가질 수 없는지 이해하지 못했거든. 딸이 이해하지 못하는 일이 아주 많았지." 선생님은 꽥꽥 소리치는 아이의 목소리를 흉내 낸다. "하나만 고르라고?

그게 무슨 말이야? 엄마 미쳤어?! 난 다 가질 거야!" 아이들이 웃는다. 몇 명은 어렸을 때 스스로 느꼈던 자기중심적인 분노가 생각난다는 듯이 고개를 끄덕인다. "닐은 지금까지도 그 분노 발작이 있는 거야." 선생님이 말한다. "너희에게는 힘든 일이야. 너무 힘든 일이지. 내가 알아. 미안하구나. 하지만 너희가 닐을 아주 많이 도와줬어. 닐은 아직도 소리를 지르고 물건을 짓밟고 때려 부수지만, 더는 사람한테는 그러지 않아." 선생님이 말을 멈춘다. "다행이야. 그건 너희들 덕분이야." 선생님은 닐과 싸웠던 올리라는 남자아이에게 몸을 돌린다. "닐이 너에게 소리를 질렀어. 그래서 너는 닐을 모른 척했지. 닐은 더 펄펄 뛰었어. 하지만 네가 옳았어. 앞으로도 계속 그래야 해. 그게 옳은 거야. 누구도 너에게 소리 지를 권리가 없어. 알았지?" 올리가 고개를 끄덕이며 뭔가를 대답하려 한다. 다른 아이들도 자신이 느낀 것을 말하려 한다. 선생님은 아이들의 말을 막지 않는다. 평소엔 닐 같은 다루기 힘든 아이들에게 많은 시간을 쏟았으니 이젠 나머지 아이들 차례다.

어느덧 교실에서 아이들은 구구단을 공부한다. 닐은 바깥에 나가 수학으로 분노를 푼다. 보조 교사가 분필로 도서실 벽에 숫자를 쓰면 닐이 물총으로 숫자를 쏘아 맞힌다. 작은 수에서 시작해 큰 수로 나아간다. 그런 다음 선생님은 정글짐에 연산 코스를 만들고 닐은 한 문제를 풀면 다음 문제를 풀러 위로 올라간다. 휴식 시간을 알리는 종이 울리고 아이들이 밖으로 나오려 할 때 닐은 교실 건물로 돌아간다. 땀에 젖고 지쳤지만 아주 평온한 모습이다. 닐이 올리에게 가서 말한다. "미안해." 그날 오후에 닐은 교장 선생님을 찾아간다. 싸우고 소리 질렀던 이야기, 사과한 이야기를 한다. 교장 선생님은 보상으로 닐을 데리고 교무실로 가서 아이팟을 틀어놓고 함께 춤을 춘다.

권위주의와 자유방임주의라는 상반된 교육 방식에 대해서는 누구나 알고 있다. 하지만 두 방식은 종종 맞물려 작동한다. 아이에게 모든 걸 허용하는 사람은 언젠가는 평정심을 잃고 고래고래 소리를 지르다가 심각한 양심의 가책을 받고 다시 지나치게 너그러워진다. 권위 있는 교육은 양극단의 중간에 있는 제3의 절충안이며 중도적인 교육법인데 어떤 면에서는 역설적이다. 권위 있는 교육을 하는 사람은 아이에게 많은 자유를 허락하지만 한계를 명확하게 정한다. 뉴질랜드의 학교들이 바로 그렇다. 이곳에서 아이들은 원하는 건 뭐든지 할 수 있다. 그러나 절대로 해서는 안 되는 게 무엇인지 알 때만 그게 가능하다.

독일에 있을 때 내 아이들이 가끔 이런 말을 하는 걸 들었다. 어느 선생님은 엄하고 어느 선생님은 그렇지 않으며, 어떤 선생님은 출석부에 출결 사항을 곧바로 적는데 어떤 선생님은 그렇게 하지 않는다고. 이렇게 되면 아이들은 선생님을 자기 행동의 기준으로 삼게 된다. 뉴질랜드에서 아이들은 어떤 선생님이 담임이 되느냐와 무관하게 보편적인 가치가 있다는 것을 배운다. 교장 선생님의 표현을 빌리면 이렇다. "우리 학교의 가치는 협상 가능하지 않습니다." 이때 중요한 건 투명성과 일관성이라고 한다. 아이는 누구나 규칙을 지켜야 하고, 모든 선생님은 규칙 위반에 어떻게 대처해야 하는지에 대해 의견이 일치해야 한다.

내로 넥의 학교에는 지향하는 네 가지 가치, 즉 교훈(校訓)이 있다. 존중, 회복 탄력성, 책임감, 화나웅아탕이다. 이 네 개의 가치가 학교생활을 결정한다는 건 이곳을 지배하는 교육 방식의 권위주의적인 측면이다. 한번은 한 선생님이 3학년생들을 교실에 두고 잠시 자리를 비웠다. 15분 후에 돌아왔을 때 선생님은 쪽지 한 장을 발견했다. 거기엔 아무렇게나 휘갈겨 쓴 아이 글씨로 '똥과 좆'이라고 적혀 있었다. 선생님은 아이들을 엄하게 바라보았다. "이건 좋지 않아요. 나는 여러분들이 책임감 있게 공부할 수 있을 거라 생각했어요. 하지만 내가 없을 때 이런 걸 쓰는 사람은 분명히 그럴 능력이 없는 거예요. 수업 후에 이 쪽지를 쓴 사람과 이야기하겠어요." 솔직하게 말하면 나는 이 강도 높은 반응에 놀랐다. 조금 과장되었다는 생각도 했다. 내 딸이 다니는 베를린의 학교에서는 아이들이 이보다 훨씬 심각한 말을 하는데도 선생님한테 꾸중을 듣지 않는다.

수업이 계속된다. 선생님은 설명하고, 이야기를 들려주고, 웃는다. 그러나 쪽지를 버리지는 않는다. 눈길이 쪽지에 갈 때마다 선생님은 표정이 어두워지면서 고개를 젓는다. 선생님은 학교 연극반을 이끌고 있다. 여기에서 선생님은 쪽지를 적은 남학생을 위해 대단히 성공적인 쇼를 연출하고 있다. 선생님이 쪽지를 바라볼 때마다 아이는 겸연쩍은 얼굴로 바닥을 내려다본다. 남은 수업 시간 내내 아이는 자신의 잘못된 행동을 반성하지 않을 수 없다. 이를 위해 선생님은 거칠고 원시적인 방법을 쓸 필요가 없다. 그저 쪽지만 손에 쥐고 있으면 된다.

내로 넥의 학교에서는 교훈을 어기는 모든 행위에 무관용 원칙을 적용하고 있다. 하지만 그 밖의 행동에 대해서는 많은 관용을 베푸는데 이게 무척 자유롭다. 아이들이 학교에 올 때 무엇을 몸에 지니고 오든지 학교에서는 전혀 관여하지 않는다. 한 여학생은 큰 깃털이 달려 위아래로 흔들거리는 헤어밴드를 하고 온다. 한 남학생은 어느 평일에 토끼 옷을 입고 등교한 적이 있다. 선생님들은 어깨를 들썩이며 말했다. "저 옷을 입고 덥지나 않아야 할 텐데." 조용한 독서 시간에 아이들이 질서 있게 책상 앞에 앉아 있는지에 대해서도 선생님들은 무관심하다. 대부분의 아이들이 질서정연하게 앉아 있지 않는다. 한 여자아이는 책을 가지고 세상으로부터 숨으려는 듯이 책장 사이에 쭈그리고 앉아 있다. 어떤 아이들은 커다란 플라스틱 박스 안에 쿠션을 넣고 그 안에 들어가 다리를 쭉 펴고 앉아 있다. 수줍음을 가장 많이 타는 여자아이 셋은 자기 집 거실이라도 되듯이 양탄자에 엎드려 있다. 아이들이 정말 책을 읽는다면 선생님들은 모든 걸 용인한다.

그럼 내가 교정에서 본 자유는 어땠을까? 그 자유는 제한되어 있지만, 자유를 제한하는 것은 울타리나 학교 보안관이나 금지 팻말이 아니라 네 가지 교훈이다.

존중하는 마음이 있는 사람은 화단을 망가뜨리지 않는다.

회복 탄력성이 있는 사람은 넘어졌을 때 혼자 일어난다.

책임감이 있는 사람은 점심시간에 비서 선생님의 일을 대신한다.

화나웅아탕아가 있는 사람은 이 학교와 맞는 사람이다.

독일 학교에서는 사회적 수완을 별도의 특별한 능력으로 대우한다. 사회교육사가 학교에 투입되기는 하지만, 이미 문제가 다 일어난 뒤에야 교실에 들어오는 정도다. 사회교육사의 업무는 문제 발생 후 교사가 계속 수업을 진행할 수 있게 질서를 회복하는 일이다. 뉴질랜드에는 이런 양분 체제가 없다. 전문 분야와 사회적 분야를 구분해 생각하지 않는다. 교훈은 언제나 수업 내용의 일부다. 예를 들어 카우리 아이들, 즉 4학년생들은 생물 시간에 어느 교훈이 어느 동물에게서 관찰되는지 조사하는 과제를 받는다. 그 후 교실 벽은 학생들이 얻은 지식들로 가득 찬다. "물고기는 떼를 지어 헤엄치므로 화나웅아탕아를 보여준다." "비버는 항상 댐을 새로 만듦으로 회복 탄력성을 보여준다." "펭귄은 아무리 힘들어도 어린 새끼를 위해 물고기를 잡아오므로 책임감을 보여준다." 선생님이 아이를 칭찬하거나 주의를 줄 때도 늘 교훈을 언급한다. 아이들이 꽤 까다로운 곱셈 문제를 풀며 여러 번 미궁에 빠지면서도 끝까지 포기하지 않자 선생님이 말한다. "여러분은 회복 탄력성이 대단해요." 끊임없이 옆 학생과 잡담하는 학생에게 자리를 옮기게 하면서 선생님이 말한다. "부디 수업에 집중해야 한다는 책임감을 가지고 다른 자리를 골라봐."

개학 후 첫 달이 지난 어느 금요일, 큰딸이 좋아서 어쩔 줄 모르며 집에 왔다. 금요일마다 반에서 주는 상을 받은 것이다. 딸 이름이 교실 벽에 붙고 딸은 1주일 동안 벨벳 소파에 앉게 되었다. 상이라는 말은 먼지가 잔뜩 쌓인 교육학 같은 느낌부터 준다. 그런데 딸은 선생님들이 조촐하게 수여식을 열어서 준 상장을 내게 보여준다. "학생의 대단히 긍정적인 태도를 칭찬하며……."라고 적혀 있다. 이 상은 성적상이 아니라 노력상이다. 회복 탄력성을 보여준 딸에게 준 상이다. 딸은 낯선 언어로 진행되는 수업을 날마다 열심히 따라가면서 포기하지 않았다. 딸이 침대 위에 걸어놓은 상장은 우리가 독일로 돌아가는 날까지 그곳에 그대로 있었다.

교훈을 연습할 기회는 학교생활 내내 골고루 분포되어 있다. 책임감을 예로 들어보자. 내로 넥의 아이들에게는 해야 할 의무가 많다. 학급마다 몇 명씩 선생님이 사용한 커피 잔을 집에서처럼 주방으로 가져다놓는 일을 맡아서 한다. 비가 오면 6학년생 일부는 당장 1학년 아이들이 있는 건물로 달려가 모래놀이 통을 덮개로 덮는다. 5학년생들은 비가 올 때 휴식 시간에 어린 학년

반에 들러 함께 놀거나 책을 읽어준다. 반대로 1학년 아이들은 풀밭의 쓰레기를 치우는 일을 하고, 전교생은 1년에 한 번 아침 일찍 내로 넥 해변에 나가 함께 쓰레기를 줍는다.

겉보기엔 전혀 다른 일을 하는 것 같은 과제도 교훈과 연관되어 있다. 예를 들면 2학년생들이 복잡한 과정을 알기 쉽게 말하는 연습을 하기 위해 설명서를 쓸 때가 그렇다. 이건 수많은 평범한 사례를 통해 시험해볼 수 있다. 토스터, 커피 머신, 플레이스테이션(비디오 게임기)은 어떻게 작동할까? 내로 넥의 아이들은 자전거 그림자를 아스팔트에 어떻게 그리는지 순서대로 목록을 작성하라는 엉뚱한 과제를 받는다. 집에서 시도해볼 수 있도록 선생님은 아이들에게 분필을 나눠 준다. 하지만 그 전에 아이들은 함께 텍스트를 읽는다. 분필의 예술은 특별한 예술이라고 적힌 글이다. "빗물은 분필의 흔적을 씻어 없애고, 바람은 불어 없애고, 사람들은 발로 밟아 없앤다. 네가 한 일은 영원히 지속되지 않지만, 너는 그 일을 계속하는 즐거움을 느낄 수 있다." 이 문장을 읽으면 힘들여 모래 만다라를 제작한 뒤 곧 지워버리는 티베트 승려들이 생각난다. 덧없음을 응시하며 행하는 실질적인 회복 탄력성 연습이다.

9

소리를 지르는 대신
손뼉을 친다

월요일 아침의 카우리 학급. 네 명씩 한 모둠이 되어 주말을 어떻게 보냈는지 이야기한다. "토요일과 일요일에 만나지 않은 친구들만을 모둠원으로 고를 수 있어요." 선생님이 말한다. 모둠은 교실에 적절히 나누어 앉는다. 몰리라는 이름의 여학생이 친구와 귓속말을 한다. 그러니 지금 발언하는 같은 모둠 남학생의 말을 들을 리가 없다. 선생님이 이 모습을 보고 주변을 둘러보다가 모둠원의 이야기를 특별히 집중해서 듣는 남학생을 발견한다. 선생님은 칠판에 별을 그리고 그 안에 남학생의 이름을 적는다. "잭슨, 너는 남의 이야기를 참 주의 깊게 듣는구나." 선생님의 이 말에 몰리가 금방 입을 다문다.

"이제 2분 남았어요." 얼마 후 선생님이 말한다. "10부터 거꾸로 셀 거예요. 1이 되면 앞으로 나와 동그랗게 앉으세요. 10, 9,

8, 7,……."

대부분의 아이들이 2를 셀 때 벌써 앞에 나와 앉는다. 선생님이 질문한다. "라이언, 너는 엘라와 이야기했지? 엘라는 주말을 잘 보냈니?" "시에나, 케일럽은 주말에 무엇을 했지?"

그런 다음 남극을 주제로 수업이 계속된다. 학생들은 펭귄에 관한 과학 텍스트를 받아 들고 그걸 함께 시처럼 낭독한다. 이어서 본문에 나온 사실들을 한 항목씩 대시(-)를 넣어 기록해야 한다.

"기록할 때 어떤 언어를 사용하지요?" 선생님이 묻는다. "나 자신의 언어요." 학생들이 입을 모아 대답한다.

"3분 안에 자리를 잡고 앉으세요." 선생님이 말한다.

아이들은 여느 때처럼 원하는 자리에 앉을 수 있다. 지정된 좌석은 없다. 곧 각자 공책을 들여다보며 보온 역할을 하는 지방과 펭귄의 번식지에 대해 적는다. 황제펭귄이 겨울에 알을 낳는 유일한 펭귄이라는 것도 기록한다. 한 남학생이 과제를 하지 않고 연필로 새총을 만든다. 선생님이 옆에 가서 앉는다. "이러면 너는 아무것도 배우지 못해. 뭔가를 배워야 할 책임이 너에게 있어. 내가 지금 교실에서 나갔다가 잠시 후 돌아올 때까지 너는 무엇을 할래?"

남학생이 생각에 잠긴다. "다섯 가지 사실을 적을게요."

선생님이 고개를 끄덕인다. "좋아. 7분 후에 돌아올게."

나는 시계를 본다. 7분 뒤 선생님이 다시 남학생의 책상 옆에서 있다. 아이는 다섯 가지 사실을 기록했다.

이날 아침 내로 넥 학교의 수업 계획안은 새로 짠 것이 아니었다. 그러나 선생님들이 기존의 계획안을 얼마나 갈고 다듬어 21세기 학교에 요구되는 형태로 만들었는지 알 수 있다. 우연에 맡긴 것은 없었으며 겉으로 중요해 보이지 않는 사소한 것들에도 목적이 있었다.

예를 들어 '뉴스' 수업을 보자. 이건 색다른 아이디어가 아니다. 많은 학교에서 관련 수업을 한다. 아이들이 신나는 주말 체험 이야기를 서로에게 들려주는 시간은 자칫하면 경쟁적으로 자기 자신을 표현하는 시간이 될 수도 있다. 그러나 내로 넥에서는 이러한 시간을 공감 연습의 시간으로 만든다. 끝에 가서는 자신의 체험을 보고하는 게 아니라, 다른 아이가 보낸 주말과 그와 연관된 감정에 대해 들려줄 수 있을 정도로 그 아이의 이야기를 경청했음을 증명해야 한다.

함께 소리 내어 낭독하는 시간도 있다. 뉴질랜드의 학교 교실에서 내가 매번 보고 들은 것은 학생들이 입을 모아 텍스트를 읽는 것이다. 그건 주어진 기회를 이용해 공동체 체험을 하기 위해서다. 한 번쯤 십여 명이 함께 텍스트를 소리 내어 읽어본 사람이라면 그 과정에서 정말로 상대방과 호흡을 맞춰야 한다는 걸 금방 안다.

손뼉치기도 있다. "우리는 소리 지르는 걸 좋아하지 않아요."

선생님이 내 질문에 대답한다. "음량만 더 커지잖아요. 더욱이 손뼉치기가 훨씬 효과적이에요. 우리가 시범으로 보여주는 손뼉치기를 올바로 따라 하려면 아이들은 조용히 있어야 해요. 그러면서 리듬에 대해서도 함께 배우는 거죠."

이런 세세한 면에 대한 관심이 뉴질랜드 학교의 특징이다. "소수가 뭐지요?" 선생님이 수학 시간에 묻는다. 손을 드는 아이가 없다. 아이들은 집게손가락을 코에 갖다 댄다. 이게 답을 알고 있다는 표시라고 선생님이 나중에 내게 말해준다. "우리 학교에서는 손을 들기보다 이렇게 하는 게 좋겠다고 의견을 모았어요." 독일 학교의 수업 시간이 떠오른다. 아이들이 팔을 허공에 쭉 뻗고, 손가락을 튕기고, 답을 알 때는 의자에서 튀어 오르다시피 한다. 선생님은 못마땅한 표정으로 고개를 젓고는 말한다. "경쟁이 치열하군."

"3분 안에 자리를 잡고 앉으세요."

"10부터 거꾸로 셀 거예요."

"7분 후에 돌아올게."

내가 그 월요일 아침에 들은 문장 중 몇 개다. 독일에서 인기 있는 진보적 교육관에서는 아이들이 가능하면 스스로 수업 과정을 설계하지만, 뉴질랜드에서는 선생님들이 수업을 계획한다. 뚜렷한 지시, 정확한 시간 제시, 확실한 피드백, 그리고 늘 건설적인 평가가 특징이다. 그래서 이날 아침에 과제를 하지 않고 연필로 새총을 만든 카우리 학급의 남학생은 다음과 같은 애매한 경고를 받거나 수동 공격적인 꾸지람을 듣지 않는다. "너는 집중할 줄도 모르니?" "넌 또 다른 거 하고 있니?" 아이의 인격을 근본적으로 문제 삼지도 않고 깎아내리지도 않는다. 그 대신 선생님은 해당 학생에게 상위 목표인 자기 책임감을 상기시키고, 학생에게 좀더 구체화된 과제와, 그것을 수행할 수 있는 시간을 준다. 학생은 다섯 가지 사실을 기록해야 하고, 7분을 참아내야 한다. 7분을 나란히 계속 붙이면 한평생이 된다.

순간에의 절대적인 몰입 —— 뉴질랜드 선생님들이 학생에게 기대하는 이 능력은 명상을 떠올리게 한다. 다섯 살짜리 둘째 딸의 반에서 선생님은 교실이 아주 시끄러울 때 예고도 없이 가끔 멜로디를 흥얼거린다. 그건 아이들에게 당장 지금 하는 것을 그만두라는 표시다. 연필과 가위를 내려놓고, 입을 다물고, 두 손을 위로 들고, 선생님을 보라는 뜻이다. 주목도가 0에서 100으로 상승한다.

큰딸의 반에서는 수학 시간에 아이들이 시끄럽게 굴고, 종이에 아무렇게나 낙서하고, 귓속말을 하고, 의자에 앉아 가만히 있지를 못하면 선생님이 다음과 같이 말한다. "여러분은 방금 아무것도 배울 수 없는 세계로 들어왔어요. 종이로 바스락거리는 소리를 내지 말고, 연필을 내려놓고, 생각을 이곳에 집중하세요."

다른 학교의 한 선생님은 집중을 통합적인 경험으로 묘사하는 포스터를 붙였다. "집중이란 상대방을 바라보고, 두 손을 무릎에 얹고, 두 발을 움직이지 않는 것이다. 이렇게 해야 몸 전체가 귀를 기울이게 된다."

'가만히 앉아 있기'는 고리타분하게 들린다. 그러나 요가나 명상을 해본 사람은 쉬지 않고 발을 꼼지락거리면 침잠 상태에 이르지 못한다는 것을 안다. 따라서 독서 시간에 가령 혀를 차는 행동은 집중력 부족의 징후로 여긴다. 한편 내가 만나본 선생님들은 학생들에게 어느 정도나 많은 걸 요구할 수 있는지 아주 잘 알고 있다. 한 선생님이 내게 말하길, 과학자 존 머디나(John Medina)는 집중력은 10분이 지나면 새로 일깨워야 한다는 것을 알아냈다고 한다. "자, 이제 밖에 나가서 농구장 주위를 두 바퀴 도세요!" 이 말은 아이들이 한동안 열심히 집중해서 공부한 뒤 종종 선생님에게 듣는 말이다. 사람이 숨을 들이마셨다가 내쉬듯이, 아이들은 뭔가에 주의력을 집중한 다음에는, 그것을 다시 세상에 분산시킨다. 이건 매우 유기적인 모델이다.

뉴질랜드 교육을 이해하는 데 중요한 문장이 하나 더 있다. "잭슨, 너는 남의 이야기를 참 주의 깊게 듣는구나." 선생님이 한 말이다. 선생님은 친구와 귓속말을 하는 몰리에게 다음과 같이 꾸짖을 수도 있었다. "세상에! 몰리, 넌 지금 전혀 집중을 하지 않는구나." "몰리, 지금 사적인 잡담을 하는 건 별로 안 좋은 행동이야."

그런데 달갑지 않은 행동을 하는 아이들이 늘 교사의 주목을 받는 게 정당할까? 아이들은 어차피 본보기를 통해 가장 잘 배우지 않을까? 다시 말해 무엇을 하지 말라는 말을 듣는 대신 어떤 게 더 나은 행동인지 보면서 배우는 게 최선이 아닐까?

뉴질랜드 학교를 체험하는 동안 내가 확인한 것이 있다. 선생님들이 꾸지람을 하는 경우가 매우 적다는 것이다. 하지만 칭찬도 과도하게 하지 않는다. 뉴질랜드 선생님들은 주목하고, 관찰하고, 확인하고, 평가한다. 그것도 언제나 부정적인 사건보다는 긍정적인 일을 놓고 논평한다. 집중하지 않는 아이에게 경고하는 대신, 수업을 주의 깊게 따라오는 다른 아이를 언급하는 것이다. 그래도 잘못된 행동을 한 번쯤 직접 지적할 때는 중요한 심리학적 지식을 염두에 두고 한다. 무의식은 부정(否定)을 이해하지 못하기 때문에 학습이 성공을 거두려면 긍정적인 이미지를 불러일으켜야 한다. 줄에 서 있는 반 친구를 옆으로 밀치는 남학생에게 선생님은 "네가 어떻게 기다릴 수 있는지를 보여줘."라고 말하지 "그렇게 거칠게 굴지 마."라고 하지 않는다. 이렇게 하면 그 남학생은 앞 사람을 밀쳐대는 어리석은 아이가 아니라, 잠시 잘못된 결정을 내렸지만 이젠 자신이 알고 있는 많은 행동 방식 중에서 나은 것을 택해야 하는 학생이 되는 것이다.

여기에서도 선생님은 대단히 정확한 언어를 사용한다. "네가 어떻게 기다릴 수 있는지를 보여줘." 선생님은 이렇게 말했다. 만일 "네가 기다릴 수 있다는 걸 보여줘." 라고 말했다면 이는 비슷하기는 해도 전혀 다른 의미를 함축했을 것이다. 마치 '너는 여기 시험대에 서서 너를 증명해 보여야 해.'라는 뜻으로 들렸을 것이다. 반면에 "네가 어떻게 기다릴 수 있는지를 보여줘."는 '네가 할 수 있다는 걸 나는 알아. 그걸 네가 어떤 식으로 하려는지 무척 궁금해. 기다리는 시간을 견디기 위해 이야기를 나눌까? 허공을 바라볼까? 아니면 손뼉치기 놀이를 할까? 너는 뭐든지 할 수 있어. 나는 네가 너에게 맞는 것을 찾아내리라고 굳게 믿어.'를 의미한다.

다른 날 다른 반에서 일어난 일이다. 한 남자아이가 잠시도 가만히 있지를 못한다. 옆에 앉은 아이를 쿡쿡 찌르고 끊임없이 소리를 지른다. 구식 교육학의 올바른 대처법은 다음과 같다. "잠시 밖에 나가 있어." 선생님이 말한다. 아이는 밖으로 나가 복도에서 고개를 숙이고 제 잘못을 반성한다. 그러다 선생님이 근엄한 표정으로 다시 아이를 교실로 데리고 들어온다. 그러나 이곳 선생님은 다르다. 선생님은 "잠시 밖에 나가 있어."라고 말한 다음, 쾌활한 목소리로 한 문장을 덧붙인다. "큰 목소리는 밖에 두고 조용한 목소리를 가지고 들어오는 거다, 알았지?" 선생님은 아이에게 큰 목소리는 재킷처럼 밖에 있는 사물함에 넣어두라고 제안함으로써 이른바 처벌이 될 수 있었던 상황을 놀이로 만들어 아이가 체면을 구기지 않고 그 놀이에 참여할 수 있게 한다.

뉴질랜드 교육학에서 매우 중요시하는 것은 아이들이 언제나

121

선택권을 가지고 좋은 결정을 내리는 걸 배우는 것이다. 내가 만나본 선생님들은 늘 학생들에게 자유로운 삶을 준비시키려 한다고 말한다. 자유는 동경의 낱말이지만 오늘날 서구 사람들은 넘치도록 많은 자유를 누리고 있다. 그리하여 심리학자들은 과도한 자유를 우울증의 원인으로 지목했다. 그렇다면 어떻게 해야 자유 속에서 길을 잃지 않을까? "아이들은 무슨 일이 있어도 남이 나를 좌지우지하는 데 익숙해지면 안 됩니다. 그렇게 되면 나중에 큰 어려움을 겪어요. 자유는 책임감을 뜻합니다. 그건 일찍 배워야 해요." 내로 넥 학교의 교감 선생님이 내게 말한다.

수년 동안 학자들이 연구한 큰 수수께끼가 있다. 왜 어떤 아이는 성공하고 어떤 아이는 그렇지 않을까? 어떤 요인들이 부정적으로 또는 긍정적으로 작용하는 걸까? 여러 개별적인 특성 외에 연구자들은 명확한 답을 발견했다. 그건 자기 조절 능력이다. 이 능력이 학생이 어떻게 삶을 헤쳐나가는지를 결정한다. 아이들이 훌륭하게 학습하기 위해서는 첫째로 학습 목표를 뚜렷이 알아야 하고, 둘째로 자신이 목표를 달성했는지 여부를 판단할 수 있는 기준을 알아야 하며, 셋째로 실패했을 때 무엇을 할 수 있는지를 알아야 한다.

학생이 자기 주도적으로 학습하는 이상적인 상태를 뉴질랜드에서는 '러너 에이전시(Learner Agency, 학습자 주체성)'라고 한다. 이 상태가 드러나는 방식이 처음엔 놀라웠다. 내가 참관한 수업에서 아이들은 선생님에게 거의 질문을 하지 않는다. "이거 어떻게 하는 거예요?" "이제 뭐 해야 돼요?" "이걸로 다 끝난 건가요?" 이런 질문을 나는 들어본 적이 없다. 선생님에게 도움을 청하는 것이 두려워서가 아니다. 아이들이 혼자 힘으로 하는 법을 배운 것이다. 이게 바로 러너 에이전시인데 선생님이 아이들을 데리고 구구단처럼 연습한다. 2학년을 맡은 한 선생님은 텍스트를 읽다가 뭐가 뭔지 내용을 모를 때 무엇을 해야 하는지를 정확하게 설명한다. "도대체 지금 무슨 일이 벌어지고 있는지 모른다는 생각이 가끔 들 때가 있을 거예요. 나도 그런 적이 있었어요. 그럴 땐 페이지를 뒤로 넘겨서 마지막 페이지를 한 번 더 읽어요. 아주 천천히 읽는 게 중요해요. 그래도 집중하기가 어렵다고 생각되면 지금 읽고 있는 내용을 머릿속에서 그림으로 그려봐요. 그것마저 잘 안 되면 잠시 일어나 몸을 조금 움직인 후 다시 책을 읽어요." 다른 학급에는 벽에 메모지가 붙어 있다. 아이들은 과제물을 제출하기 전에 늘 그 쪽지를 쳐다본다. "정말로 다 끝냈나요? 내 이름은 적었나요? 과제 작성의 원칙을 지켰나요? 내용을 전부 확인했나요? 최선을 다했다고 자신 있게 말할 수 있나요?"

마지막 문장이 특히 마음에 든다. 뉴질랜드에서는 남을 이기는 게 아니라 자기 자신을 넘어서는 걸 중요시한다. 그래서 선생님은 항상 아이의 개별적인 발전을 파악하고 현재의 성취를 과거에 비추어 관찰하지 다른 아이들이 이룬 성과와 비교하지 않는다. 자화자찬이나 자기 비하 없는 건강한 자기 인식 능력을 처음부터 아이들과 함께 연습한다. 다섯 살짜리 작은딸의 반에서 짤막한 글을 작문할 때, 선생님은 아이들에게 자신의 글을 스스로 평가하고 그것을 글 아래에 적으라고 말했다. 예를 들면 이렇다. "나는 상상력을 발휘해서 썼다." "나는 낱말을 올바르게 쓰려고 혼자 조용히 발음해보았다." 선생님은 이 과정을 작문 자체만큼이나 소중하게 여긴다. "저는 아이들이 이걸 자기 자신을 위해 한다는 걸 알려주고 싶어요."

월요일 아침, 내로 넥 학교의 한 주는 동그랗게 모여 앉아 시작된다. 아이들은 주말에 있었던 좋았던 순간과 나빴던 순간에 대해 이야기한다. 금요일 오후가 되면 역시 동그랗게 모여 앉아 이야기하는 것으로 한 주가 끝난다. 이번에는 나도 3학년 아이들과 함께 교실 바닥에 앉는다. 지난 며칠 아이들은 칭찬이나 불만을 적어 넣는 의견함에 관련 내용을 적은 쪽지를 넣었다. 그걸 지금 선생님이 개봉한다.

모와 같은 반에 다니는 가장 친한 친구 두 명이 모에게 오줌 묻은 막대기를 손으로 만지라고 강요했다. 친구들은 나중에 그 막대기에 오줌이 묻었다는 건 지어낸 이야기라고 말했지만 모는 그때의 일을 떠올리기만 해도 코를 훌쩍인다. 모는 막대기를 절대로 만지고 싶지 않았지만 만졌다. 왜 그랬을까? 모는 어깨를 으쓱하고는 친구들이 만지라고 해서 그랬다고 조용히 대답한다.

"여러분은 어떻게 생각하나요?" 선생님이 아이들을 둘러보며 묻는다.

한 여자아이가 모에게 말한다. "너는 남들이 너를 괴롭히도록 놔두면 안 돼!"

다른 여자아이가 고개를 끄덕인다. "너는 네 친구들의 소유물이 아니잖아!"

모는 대답하지 않는다. 친구들이 뭔가를 시키면 자신에게 선택권이 있다는 걸 생각하지 못하는 것 같다.

선생님이 심각한 얼굴로 모를 바라본다. 그리고 두 여자아이에게 눈길을 돌리며 말한다.

"친구에게 반대 의견을 어떻게 말하는 건지 너희가 모에게 보여주겠니?"

두 여자아이가 일어나 머뭇거리며 시작한 뒤 킥킥 웃다가 마침내 화를 내며 연기한다.

"이제 막대기를 잡아!" 첫째 여자아이가 말한다.

"싫어! 잡기 싫어! 네가 계속 나한테 명령하는 것도 싫어! 이제 제발 그만해!" 다른 여자아이가 소리친다.

여자아이들의 대화가 끝나자 둥그렇게 앉은 아이들이 박수를 친다.

모도 박수를 친다.

"친구들한테 무슨 얘기라도 할래?" 선생님이 모에게 묻는다.

모는 고개를 끄덕이기만 하고 아무 말도 하지 않는다.

선생님은 모의 눈빛에서 그의 마음을 읽었는지 다음과 같이 말한다.

"내일, 우리 내일 함께 모여 앉자. 나하고 너하고 네 친구들 하고. 그리고 네가 친구들과 얘기를 나누는 거야. 내가 함께 있을게."

릴리도 쪽지를 의견함에 넣었다. 릴리는 반 친구와 카드놀이를 재미있게 하고 있었는데 어느 순간 친구가 욕을 하기 시작했다.

"이 말이 맞니?" 선생님이 묻는다.

릴리의 친구가 바닥을 내려다보며 고개를 끄덕인다.

"친구는 무슨 말을 해야 할까요?" 선생님이 반 아이들에게 묻는다.

아이들은 친구가 릴리와 카드놀이를 한 번 더 하되 놀이를 하는 동안 예의 바르게 행동하겠다고 미리 약속하거나, 지금 바로 릴리에게 사과해야 한다고 말한다.

선생님이 릴리의 친구를 바라본다.

"어떤 걸로 하겠니, 달링?" 선생님이 묻는다.

친구는 헛기침을 한 뒤 말한다. "사과할래요."

잠시 침묵.

선생님이 친구에게 고개를 끄덕이며 용기를 북돋아준다. "좋아, 달링."

친구가 아랫입술을 깨문다. 고심 끝에 말을 꺼내는 순간 아이의 얼굴 표정을 보니 내 딸이 3m 높이의 다이빙대에서 뛰어내렸을 때의 모습이 생각난다. "마음을 상하게 해서 미안해!"

선생님이 보조 교사에게 다가간다. "선생님 느낌은 어땠는지 모르겠어요." 그리고 교실에 두 사람 외에 아무도 없는 것처럼 말한다. "하지만 저는 사과를 한다는 게 너무 힘들다고 생각해요."

보조 교사가 고개를 끄덕인다. "맞아요. 자존심이 상하죠. 그래도 사과를 하고 나면 언제나 마음이 편해요."

릴리의 친구가 미소를 지으며 고개를 들어 바라본다.

여기에서 어떤 교훈을 얻을 수 있을까?

뉴질랜드에서는 아이들에게 절대로 창피를 주지 않는다. 잘못한 학생에게는 늘 '달링'이라고 불러준다. 한 선생님은 다음과 같이 표현했다. "언제나 말썽꾸러기를 친구로 삼는 거죠."

⑩
지우개는 금지 물품

"너희들 오늘 바닷가에 갔었니?" 어느 날 오후 학교에서 큰딸을 데리고 오는데 딸의 옷에서 모래가 떨어지기에 내가 묻는다. 딸은 고개를 젓는다. 아니란다. 하지만 수업 중에 반 아이들이 1학년생들의 모래놀이 통에 들어가 함께 구멍을 팠다고 한다. 모두 삽으로 모래를 퍼내고 선생님이 장난감 사람 모형을 구멍 안에 넣었다. "여러분이 여기에 있다고 상상하세요. 여러분이 직접 판 이 구멍 안에 있다고 생각하는 거예요. 그런데 갑자기 여기에서 나갈 수가 없다는 걸 알게 됐어요." 아이들은 다시 교실로 돌아와 모래를 털어내고 그림을 그리기 시작한다. 깊은 계곡과, 그곳으로 내려가는 자신의 모습이다. 아이들은 어떤 느낌이 드는지 글로 적는다. "무서워요." "화가 나요." "당황스러워요." 이제 무엇을 해야 하는지를 쓴다. "밧

줄을 찾아봐요." "도와달라고 부탁해요." "내 실수를 인정해요."
마지막에는 무사히 계곡을 빠져나온 모습을 그린다. "힘들었지
만 행복해요." 모든 그림들은 학년이 끝날 때까지 학급이 있는
건물에 걸린다.

요즘처럼 세상이 빠르게 변하는 시대에는 창의성이 특히 중요
하다. 창의성과 반대되는 것이 완벽주의다. 그런데 바로 완벽주
의를 독일 학교들이 장려한다. 독일에서는 학교 수업을 아직도
역피라미드 법칙에 따라 진행한다. 45분간 모든 것을 단 하나의
해답을 얻기 위해 좁혀간다. 창의성은 그 반대를 통해, 다시 말
해 사고의 세계를 최대치로 열어놓을 때 탄생한다.

이런 까닭에 내로 넥에서는 실수를 축하해준다. "아주 멋진 실
수야!" 여자아이가 수학 시간에 틀린 답을 말하자 선생님이 이
렇게 외친다. 틀린 답의 이면에 흥미로운 전략이 숨어 있고, 실수
는 아이가 독립적인 사고를 하고 있었음을 증명하기 때문이다.

선생님에게 이 말을 듣는 순간 나는 목이 멨다. 작은딸은 늘
어떤 것은 어때야 한다는 식으로 정확한 개념을 가지고 있다. 한
번은 딸이 사람을 그렸다. 그런데 손가락 모양이 마음에 들지 않
는지 종이가 찢어질 때까지 오래도록 지우개로 박박 문질러 지
웠다. 그래서 1학년 때는 지우개를 사용하지 않는다는 말을 듣고
나는 기뻤다. 실수는 없던 일로 만들어야 하는 것이 아니라고 선
생님은 말한다. 오히려 어느 아이가 실수를 하면 이런 말을 들려
준다. "이제 네 두뇌가 조금 더 자라는 거야." 1학년생들은 이 말

을 하도 들어서 선생님이 "실수는……." 이라고 운을 떼면 입을 모아 "내 두뇌를 자라게 한다."라고 대답하며 문장을 완성한다.

내가 방문한 어느 학교에서는 선생님들이 신념의 위력을 분명하게 보여주는 포스터를 내걸었다. 한 사람은 '나는 절대로 잘하지 못할 거야.'라고 생각한다. 다른 사람은 '시간이 걸리겠지만 잘될 거야.'라고 믿는다. 한 사람은 '플랜 A는 망했어.'라고 생각한다. 다른 사람은 '플랜 B를 시도해야겠어.' 또 다른 학교를 방문하니 1학년 교실 천장에 알록달록한 색의 원형 판지가 매달려 대롱거린다. 한쪽 면에는 그간 살면서 배웠던 멋진 것이 무엇인지 그리거나 적어놓았고, 다른 한쪽 면에는 지금 힘든 게 무엇인지 그리거나 써놓았다. "나는 글쓰기를 배우겠다." 철자를 자주 혼동하는 모하메드가 원형 판지 한쪽 면에 적은 문장이다. 다른 한쪽 면에는 공중제비를 넘는 자신의 모습을 색연필로 그려놓았다. 교실 문이 열려 있다. 불어온 산들바람에 원형 판지가 이리저리 흔들린다. 모하메드는 앉은 자리에서 자기 판지의 앞면과 뒷면을 볼 수 있다. 낙오자이기만 하거나 팔방미인이기만 한 사람은 없다. 이는 당연히 어른도 마찬가지다.

"내가 고민이 있어요." 어느 날 아침 내로 녝 학교의 한 선생님이 말한다. "여러분도 알겠지만, 내 딸이 비행기를 좋아해요." 아이들이 고개를 끄덕인다. 당연하다. 선생님은 자신의 딸 이야기를 자주 했다. "얼마 전에 딸에게 비행기 만드는 법에 관한 책을

130

사주었어요. 딸이 좋아할 거라고 생각했어요. 그런데 내가 설명서를 이해하지 못하겠어요. 내일 책을 가져올 테니 여러분이 한번 봐줄래요?" 아이들이 다시 고개를 끄덕인다. 선생님으로부터 도와달라는 요청을 받고 굉장히 뿌듯해한다.

또 다른 선생님은 정리 정돈을 잘 못하는 바보 같은 습관만 빼면 자신의 나머지 성격이 스스로 꽤 만족스럽다며, 이젠 마침내 그 습관을 고쳐보겠다고 학생들에게 말한다. "내 책상을 전보다 깨끗하게 관리하겠다." 선생님이 노란 쪽지에 적는다. "여러분도 앞으로 몇 달간 바꿔보고 싶은 것이 있어요?" 선생님이 아이들에게 묻는다. 수업이 끝날 때쯤 교실 창문에 노란 쪽지 몇십 장이 붙는다. "나는 해양 동물에 관한 모든 것을 공부하겠다." "나는 쓰기를 잘하려고 노력하겠다." "나는 나눔을 더 열심히 하겠다." 한가운데에는 덜 지저분하면 좋겠다고 선생님이 자기 자신에게 충고하는 쪽지가 있다.

하지만 "하늘에서 뚝 떨어진 대가(大家)는 없다." "실수를 통해 배운다."와 같은 격언을 독일의 모든 아이들도 알고 있다. 뉴질랜드 학교에서 관찰한 앞의 두 장면은 뭔가 좀 일부러 꾸민 것 같지 않은가?

두 뉴질랜드 선생님은 아이들에게 동기 부여를 하기 위해 자신의 단점을 도구화했다. 정리 정돈을 잘 못하는 건 심각한 결함이 아니다. 이건 예를 들어 인터뷰에서 조급함이 자신의 최대 약점이라고 말하는 사람과 같은 범주에 들어가는 것이다.

뉴질랜드 학교의 실수 친화적인 태도는 진심일까 아니면 그저 가식일까?

이 책을 쓰려고 조사를 시작했을 때 나는 정말 내게 필요한 자료들을 얻을 수 있을지 자신이 없었다. 그냥 여기에 도착해서 "안녕하세요? 제가 책을 쓰고 있는데 오늘 선생님 수업을 들어도 될까요?" 하고 말해도 될까?

독일이었다면 공식 허락을 받기까지 몇 주가 걸렸을 것이다. 그 장애물을 넘었다 해도 선생님들이 생판 모르는 사람에게 수업 참관을 허락할까? 특히 그 참관하는 사람이 자신이 본 것을 가지고 책을 쓴다면? 선생님들은 실수를 하고 골치 아픈 문제가 생길까 봐 너무 불안해하지 않을까?

뉴질랜드에서는 일반적으로 학교에 짧은 이메일을 보내는 것으로 충분했다. 긴 준비 기간 같은 건 없었고 선생님들과 일일이 협의할 필요도 없었다. 내가 정확히 무엇을 원하는지 묻지도 않았으며 나중에도 그런 일은 없었다. 나는 어느 수업에서도 문 밖으로 쫓겨나지 않았고, 뭔가를 빼놓고 들어오라는 말도 듣지 않았다. 뉴질랜드 선생님들은 자신이 수업하는 모습을 —— 이따금 성공적이지 않은 수업도 —— 내가 참관할 수 있게 흔쾌히 허락해주었다.

나는 뉴질랜드 선생님들이 학생들에게 훌륭한 모범이 된 것은 바로 이것 덕분이라고 생각한다. 모든 걸 올바로 하기 때문이 아니라 자신의 약점을 시인하기 때문이다.

11
학급 요정

가장 친한 친구의 그림자. 바닷가에서 먹는 아몬드 크루아상. 내 몸이 수면에 닿을 때의 느낌. 이것들은 내로 넥 학교의 2학년 아이들이 어느 날 마법 상자에 넣은 것들의 일부다. 마법 상자는 학생들의 수업 프로젝트다. 선생님이 수업을 시작할 때 설명한 바에 따르면, 마법 상자는 아이들의 인생에서 중요한 모든 것(좋은 것이든 나쁜 것이든, 유형의 것이든 무형의 것이든)을 보관하는 장소다. 마법 상자에는 모든 종류의 물건과 감정과 기억이 들어갈 자리가 있다. 먼저 아이들은 각자 자신의 마법 상자를 그림으로 그렸다. 누구는 바다 색깔의 상자를 그리고, 누구는 눈처럼 새하얀 상자를 그렸다. 어떤 상자는 얼굴 인식 기술로 열리고, 어떤 건 해골 모양의 은빛 열쇠로 열린다. 그런 다음 아이들은 마법 상자를 무엇으로 채울지 생각했다. 이건 아무도 도와줄 수 없는 문제다. 마법 상자에 무엇을 넣느냐는 질문에는 옳거나 그른 대답이 없다. 조는 마법 상자에 보트 엔진, 책을 사랑하는 마음, 가족과 함께 랑기토토 화산섬의 분화구까지 올라갔던 날을 집어넣고, 리는 맨 처음 빠진 치아와 페퍼민트 맛을, 카르멘은 레몬 향기, 북부 뉴질랜드로 떠났던 캠핑 여행, 키우던 개가 죽은 날을 넣기로 결정한다. 다른 아이들은 자전거를 배운 날, 코코아 맛, 포후투카와 나무, 특정한 세제 향기를 담는다.

요즘 자라나는 아이들은 인생을 살면서 여러 가지 역할을 맡을 것이고 언제나 새로운 역할을 찾아내야 할 것이다. 그런 가운데 그 역할을 만드는 게 무엇인지, 어떻게 하면 자기 자신에게 충실할 수 있는지를 알아야 한다. 그러려면 자기 인식과 감성 지능이 필요하다. 마법 상자는 내가 뉴질랜드의 교실에서 체험했던 수많은 훈련들과 마찬가지로 이 능력을 키우는 데 일조한다.

내가 들어가본 어느 학급에서는 선생님이 밤의 숲을 그린 흑백 스케치를 나누어 주고 학생들은 그 숲을 문학적인 비유로 묘사한다. 대답은 "나무들이 발레리나처럼 춤을 춰요."부터 "나무들이 얼어붙은 괴물처럼 서 있어요."까지 다양하다. 각양각색의 답변은 하나의 대상을 사람마다 얼마나 다르게 느낄 수 있는지 아이들에게 보여준다.

가끔 큰 분노에 사로잡히고 그 때문에 스스로 혼란스러워하는 다섯 살짜리 여자아이가 감정의 ABC를 이용해 글자를 배운다. ㅈ은 질투의 첫 글자이고, ㅂ은 부러움의 첫 글자, ㅊ은 초조함의 첫 글자라는 식이다. "느낌이 이렇게나 많아요!" 아이가 놀라서 말한다.

어느 반에서 여자아이 몇 명이 괴롭힘을 당했다. 그런데 그 방식이 선생님이 가해 학생에게 책임을 묻기가 어려웠다. ("제가 일부러 못 본 체한 거 아니에요." "엇, 쟤가 뭐라고 했는지 못 들었어요.") 선생님은 수업하던 것을 내려놓고 아이들과 2주 동안 「기적」을 읽었다. 기형의 얼굴 때문에 학교에서 아웃사이더가 된 남자아이의 관점에서 쓰여진 소설이다. 여기에 더해 선생님은 아이들에게 느낌을 소재로 시를 쓰게 했다. 만족, 기쁨, 외로움, 죄와 수치에 관한 시가 나왔다. "분노는 칠리 같다." 한 여자아이가 이렇게 썼다. "슬픔은 독이 든 물과 같다. 슬픔은 혼자 추운 방에 서 있는 것 같다." 다른 여자아이가 쓴 글이다. 이러면 선생님은 집단 괴롭힘이라는 주제를 더는 언급할 필요가 없다. 이미 해결된 것이다.

내로 넥에서 어느 날 오후에 학생들이 일기를 쓴다. 그러나 학생 본인의 관점이 아니라, 소설 「탐험가」에서 비행기 사고 후 아마존에서 살아남아야 하는 네 아이 중 한 명의 관점에서 써야 한다. 학생들은 방금 소설의 한 장을 함께 읽었다. 등장인물 중 누구를 선택할지는 스스로 결정할 수 있다. 아직 어휘가 풍부하지 않은 학생들에게 선생님은 작중 인물 중 나이가 가장 어린 막스를 권한다. 한 여자아이는 다음과 같이 적는다. "잠이 깬 나는 소스라치게 놀랐다. 막스가 사라진 것이다." 막스의 관점을 택한 남자아이는 그날 아침을 다음과 같이 묘사한다. "무엇을 해야 하고 무엇을 하지 말아야 하는지 남들이 내게 끝없이 잔소리하는 게 지겹다. 그래서 나는 달아났다." 글을 쓰는 시간이 길어질수록 학생들은 자신이 택한 인물과 더 강한 일체감을 느낀다. 이어 책상마다 서로 다른 인물을 택했던 학생들이 모여 마치 그 역할을 계속하듯이 함께 이야기를 나눈다. 글을 쓸 때 생겼던 감정이 뚜렷하게 여운을 남긴다.

"너 때문에 걱정이 돼서 미치는 줄 알았어." 여자아이가 막스를 선택한 남자아이에게 퍼붓는다.

남자아이가 눈알을 굴린다. "너는 만날 그렇게 금방 흥분하더라."

"무슨 말인지 몰라? 재규어가 널 물어 간 줄 알았단 말이야!"

남자아이가 여자아이를 바라보고는 잠시 후 말한다. "미안해."

다른 학교에서는 선생님이 학생들과 현대판 신데렐라 이야기를 읽고 딸의 불행에 아버지가 책임이 있는지 질문한다. 학생들의 의견이 크게 갈린다. 학생들은 서로 토론하다가 결국엔 자신의 가정사를 꺼내기에 이른다. 외로움이 두려워 옛날 애인을 다시 만나는 엄마, 고령에도 잊지 않고 손주를 기쁘게 해주려는 조부모의 사연이 나온다.

이런 문학 연습은 그 자체가 목적이 아니라 더 높은 목표를 위해 봉사한다. 첫째 상황에서 아이들은 다른 사람의 입장이 되어본다. 둘째 상황에서는 아무리 객관적으로 보이더라도 평가는 평가하는 사람의 인생 경험에 큰 영향을 받는다는 걸 알게 된다. 뉴질랜드 학교에서 나는 항상 문학이 그런 식으로 인격 향상에 투입되는 것을 경험했다. 이야기는 공감을 연습하기에 알맞은 재료다. 책을 많이 읽을수록 삶의 방식을 많이 알게 된다. 소설 속 인물의 머릿속에 자주 들어갈수록 현실 속의 사람도 잘 이해할 수 있다. 특히 텍스트에 관한 토론은 상반된 감정과 다양한 관점을 포용하는 법을 배우는 데 도움이 된다. 이는 사회의 분열이 증가하는 21세기에 그 어느 때보다 필요한 능력이다.

선생님들은 어두운 곳을 두려워하지 않는다. 대립도 무서워하지 않는다. 하지만 그와 동시에 아이들이 장기적으로 선한 것에 관심을 두도록 신경을 쓴다. 어느 반에서 학생들이 에세이를 쓰면서 자신의 '행복한 장소'가 어디인지 이야기하는 행복에 잠긴다. 한 여자아이에게 그 장소는 숲이고, 그 아이의 친구에게는 학교다. "그곳에 있으면 내 가슴에 무지개가 뜨는 느낌이다." 같은 반 아이들이 '자랑 구름' 놀이를 한다. '자랑 구름'은 하얀 판지로 만든 작은 구름인데, 동그랗게 둘러앉아 구름을 옆 아이에게 돌리는 놀이다. 구름을 손에 쥔 아이는 전날 자신이 자랑스러웠던 일을 말한다. 한 남자아이는 고슴도치를 만졌고, 한 여자아이는 어제부터 구두끈을 혼자 맬 줄 알게 되었다. 또 다른 남자아이는 어머니에게 차를 타 드렸고, 다른 여자아이는 수영 모둠에서 모둠장이 되었다. "너는 처음에는 수영하는 걸 굉장히 무서워했잖아, 생각나니?" 선생님이 묻는다. 물론 선생님도 자랑스럽게 생각하는 일이 있다. "나는 어제 혼자 전등을 달았단다."

내가 참관한 어느 학급에서는 교실을 가로질러 빨랫줄을 걸고, 빨랫줄에는 머리, 손, 입, 눈, 다리, 발을 찍은 사진을 매달아 놓았다. 아이마다 자기 몸에서 가장 좋아하는 부분을 골라 그 부분을 사진 찍은 것이다. 샤나는 제 입을 골랐다. 샤나의 입 사진이 20배로 확대되어 좋아하는 이유와 함께 아이들 머리 위에 걸려 있다. "입이 없으면 말을 할 수 없다. 나는 말하는 것이 좋다." 아일라는 손을 택했다. "엄마와 아빠가 일요일 아침 아직 일어나지 않았을 때, 손이 있어야 엑스박스(비디오 게임기)를 하고 달걀을 삶을 수 있기 때문이다." 덱스터도 제 손을 좋아한다. 그러나 좋아하는 이유는 다르다. "손이 있어야 산에 오르고 바닷가의 쓰레기를 주울 수 있다."

아이들을 감성적으로 사로잡는 선생님들의 상상력을 접할 때마다 나는 매번 놀란다. 내로 넥의 학교에서 어느 날 아침 2학년생들이 교실 벽에서 작은 보라색 문을 발견한다. 축소 모형으로 만든 편지함에는 아이들에게 쓴 쪽지가 들어 있다. 라일라 민트리프가 서명한 쪽지에는 방금 자신이 이 문 안으로 이사 왔으며 이제부터 학급 요정이 되었다고 쓰여 있다. 그때부터 요정과 아이들 사이에 활발한 의사소통이 이루어진다. 요정을 펜팔 친구로 사귈 수 있는 기회를 누가 날려버리겠는가? 한 여자아이가 자신이 금지된 행동을 해서 부모님이 화를 낸다고 고백하자, 요정은 자기도 언젠가 아이들이 낮에 가지고 노는 인형의 집에서 밤중에 몰래 작은 파티를 연 적이 있다고 자책한다. 조슈아가 집에서 여동생과 싸웠다고 하자 요정은 자기도 이따금 오빠 요정과 싸운다며 그런 일이라면 잘 안다고 대답한다. 아이들이 요정과 주고받는 편지는 초록색 반짝이로 뒤덮인 작은 보물이다. 글자가 너무 작아서 읽으려면 돋보기가 필요할 지경이다. 선생님은 집에서 아무리 늦어도 밤에 잠자리에 들기 직전에 편지를 쓴다. 가끔 너무 피곤할 때만 열네 살짜리 딸이 대신 쓴다.

12
사모아 주간

뉴질랜드 학교에서 겪은 일들이 진짜라고 하기에는 가끔 너무 환상적으로 보인다는 걸 솔직하게 고백한다. 바로 이 이유 때문에 어느 날 나는 가혹한 현실이 예상되는 곳으로 차를 몰았다. 오클랜드 외곽에서 1분위에 속한 학교, 다시 말해 전국에서 가장 빈곤한 지역의 학교 교장 선생님과 만나기로 약속한 것이다. 그래도 교장실의 분위기는 원대한 꿈을 펼치는 모습이었다. 벽에는 교장 선생님의 '교육리더십 석사' 학위증이 걸려 있고 서가에는 『마인드 세트(Mindset)』라는 책이 꽂혀 있었다. 우리는 소파에 앉았다. 강아지를 수놓은 쿠션이 놓여 있었다. 남학생이 만든 것인데 처음엔 어머니에게 드리려 했으나 마음을 바꿔 교장 선생님에게 선물한 것이라고 했다. 이런 이야기를 들으면 그곳의 일부 학부모의 집에서 어떤 슬픈

일이 일어나는지 짐작이 되고도 남는다.

교장 선생님과 이야기를 나누고 있는데 두 명의 아이가 교장실 맞은편의 빈 사무실로 슬그머니 들어간다. 조금 열린 문틈으로 보니 두 아이는 서류장을 열어 뭔가를 꺼낸다.

"저래도 되는 거예요?" 내가 교장 선생님에게 묻는다.

"네, 물론이에요." 교장 선생님이 태연히 말한다.

이 학교에서도 나는 엄격함과 자유가 섞인 뉴질랜드식 교육을 발견한다. 한편으로는 명확한 규칙이 지배한다. 학생들에게 어떻게 행동해야 하는지를 알려주는 그림이 곳곳에 붙어 있다. 학교 강당에는 손가락을 입술에 대고 있는 아이의 그림이 있다. 조용히 하라는 뜻이다. 교실 앞에는 시계를 보는 아이의 그림이 붙어 있다. 시간을 지키라는 뜻이다. "우리는 아이들에게 자제하는 법을 가르치면서 몇 달을 보내요." 교장 선생님이 말한다. "아이들이 그걸 할 수 있을 때까지 다른 것은 미뤄두지요."

학교에는 통가나 사모아 등 남태평양에 있는 섬나라에서 가족과 함께 이주해 온 아이들이 많다. 어느 가족은 가난에서 탈출했고 어느 가족은 기후 변화를 피해 건너왔다. 뉴질랜드에서 일자리를 찾지 못하고 영어를 배우지 못한 사람들도 있다. 그중 많은 이들이 종교적이고 문화적인 이유에서 운명론으로 기운다고 교장 선생님이 말한다. "우리는 날마다 그런 운명 순응주의와 싸웁니다." 상징을 이용하는 방법도 있다. 학년마다 상징하는 새가 있다. 저학년의 경우는 타카헤(Takahe)이고 고학년은 케아

(Kea)다. 타카헤는 날지 못하는 새이고, 케아는 세계 유일의 고산 앵무새로 호기심이 많고 영리하고 인상적인 비행 기술로 유명한 새이다. 이런 식으로 교사들은 발전이 어떻게 이루어지는지 아이들에게 가르친다. 남겨두고 온 삶 때문에 슬픔에 사로잡힌 학부모들에게도 학교 측은 뭔가를 요구한다. 교장 선생님이 말한다. "저는 연민으로 남을 도울 수 있다고 생각하지 않아요. 그래서 학부모들에게 무엇을 할 수 있느냐고 물어봅니다." 상대방에게 어떤 능력이 있느냐고 묻는 건 자연스런 일이다. 그런데도 이주민들에게는 그런 걸 묻지 않는다. 절망적으로 부족한 존재들이라 남들이 모든 걸 대신 해주어야 하는 사람들로 여기는 것이다. 교장 선생님도 학부모들이 좌절하는 순간을 많이 겪었다. 아이들은 번번이 굶주리거나 도시락 통에 감자튀김 한 봉지만 달랑 넣어 학교에 온다. 도시락 후원, 도움을 주는 대기업, 개개인의 기부 등, 많은 해결책을 찾아낼 수도 있었다. 그러나 교장 선생님은 일부러 다른 길을 택했다. '임파워먼트(empowerment)', 권한을 주는 것이었다.

임파워먼트가 얼마나 훌륭한지는 학교 교정을 둘러보면 알 수 있다. 풍성한 화단에서 고구마, 꽃양배추, 케일 같은 식물이 무성하게 자란다. 학부모들이 조성한 풍요로운 텃밭이다. "여기에서는 왜 고향에서 먹던 식물을 심지 않으세요?" 교장 선생님이 학부모들에게 묻는다. 어느덧 목요일마다 두 학급이 텃밭에서 나온 수확물로 모든 학생이 먹을 점심 식사를 만들고 학부모도 거든다. "그분들에게는 여기 텃밭에서 일하며 아이들과 요리하는 것이 집에서 의기소침하게 주저앉아 있는 것보다 훨씬 낫죠." 교장 선생님이 단호하게 말한다. 그녀가 학부모들을 대상으로 어떻게 자신의 의지를 관철하는지 충분히 상상이 간다. "저는 학부모들이 이런 제 뜻을 존중해주기를 바랍니다."

한편으로 교장 선생님은 자신이 요구하는 그 존중을 함께 교류하며 지내야 하는 사람들에게도 보여주고, 자신의 가치관에 어긋나지 않는 범위에서 기꺼이 그들에게 협조한다. 그래서 학부모와 교사의 대화를 이 학교에서는 '탈라노아(Talanoa)'라고 한다. 교장 선생님은 대학 시절에 이 단어를 들어본 적이 없다. 나중에 학교의 많은 학생들이 속해 있는 문화를 호기심을 가지고 공부하던 중에 배웠다. 사모아와 통가 등의 섬나라에서 탈라노아는 갈등을 해결하려는 목적을 가지고 만나는 모임을 의미한다. 교장 선생님은 이 낱말과 함께 집회를 뜻하는 마오리어 후이(Hui)도 받아들였다. "어느 집단에 친숙한 단어나 개념을 사용하면 그 사람들과의 관계가 훨씬 쉬워져요." 교장 선생님이 말한다.

쉬는 시간을 알리는 종이 울린다. 한 남학생이 사무실로 들어간다. 마이크를 켜고 낯선 말로 뭔가를 말한다. "사모아어예요." 교장 선생님이 말한다. 사모아 주간이 시작되어 학부모들이 강좌를 개설하고 사모아 음식을 만들고 사모아 역사를 이야기하고 사모아 음악을 들려준다. 선생님들은 날마다 사모아어로 다섯 개의 문장을 배우겠다고 약속했다.

교장 선생님과 대화하는 동안 특히 인상적이었던 건 그녀가 이 학교의 도전 정신을 즐긴다는 것이다. 교장 선생님은 이곳에서 가르치는 일을 부담으로 여기지 않고 학교를 떠나고 싶어 하지도 않는다. 가치 있는 과제를 맡은 것에 기뻐하는 사람 같다. "부유한 동네에 있는 다른 학교에서는 아이들 형편이 어차피 좋잖아요. 여기는 그렇지 않아요. 우리는 정말 여기에서 뭔가를 이뤄낼 수 있어요. 아이가 급격히 위로 올라가며 성장하는 것을 보는 게 정말 감격스러워요." 이런 건 국가의 지원이 없으면 안 된다. 아이들이 자주 병이 나는데도 부모가 함께 병원에 갈 수 없어서 학교에서는 간호사를 한 명 지원받았다. 내가 가본 다른 학교에서는 중국, 러시아, 브라질, 바레인 출신의 아이들에게 선생님 한 명이 1주일에 12시간씩 개별 수업을 한다. 학교 캠퍼스에는 이를 위한 작은 건물을 따로 두고 있다. 담당 선생님은 건물 벽에 영어 단어들을 붙이고 학생들의 출신국 국기들로 장식했다.

오클랜드 외곽에 있는 학교를 방문하고 나서 많은 생각이 들었다. 독일에서는 한편으로는 새로운 이주민이 오면 그들에게 뭔가를 요구하는 것이 이상하게도 어려울 때가 많다. 문화적 감수성이 없다는 인식을 줄까 두려워 우리로서는 전혀 문젯거리도 되지 않는 권리와 의무를 그들에게 주장하지 못한다. 무슬림 여성과 여자아이가 독일에서 당연히 주어지는 자유를 종교적인 강압 때문에 누리지 못하는 걸 속수무책으로 지켜볼 때도 많다. 다른 한편으로 나는 독일의 어느 학교에서 터키나 아랍 주간을 개최했다는 말을 들어보지 못했고, 뉴질랜드에서처럼 이주민 자녀에게 실질적인 온정을 베푼 것도 경험하지 못했다. 뉴질랜드에서는 이주민 신입생이 올 때마다 항상 두 명의 학생이 돌본다. 그걸 '버디 규칙'이라고 한다. 버디 규칙의 하나는 자신이 맡은 신입생을 쉬는 시간에도 혼자 두지 않는 것이다. 영어를 할 줄 모르는 한국 출신의 여자아이가 첫 주를 보낼 때 선생님은 중요한 한국어 단어를 교실 벽에 붙였다. 그렇게 하면 나머지 아이들은 그 한국 학생이 무엇을 익혀야 하는지 알게 된다. 몇 주 뒤 한국 여학생이 처음으로 영어로 된 문장을 말하자 모두 박수를 쳐주었다. 또 다른 학교에서는 교장 선생님이 새로 온 중국 남학생을 날마다 여러 번 찾아갔다. 중국 학생이 향수병을 앓는 것을 보고 그는 뉴질랜드에 온 지 오래된 두 명의 중국 학생을 며칠간 반에 데려다 앉혔다. 또한 내가 방문했던 모든 학교에서는 영어와 그 밖의 다른 많은 언어로 아침 인사를 했다.

독일 어느 곳에서 이주민 자녀들에게 그들이 성취한 것을 인정한다는 뜻을 내비치는가? 독일 어디에서 낯선 문화를 통해 스스로 풍요로워질 기회를 만들고 있는가? 어느 선생님이 "안녕하세요?"라는 인사를 현대 페르시아어와 터키어로 하는가? 그리고 이런 걸 할 수 있으려면 무엇이 필요한가? 왜 우리는 한편으로는 우리가 어떤 존재인지 알지 못하고, 다른 한편으로는 왜 그토록 금방 위협을 느끼는가? 어쩌면 이 두 가지는 서로 영향을 주고받는 문제일 것이다. 뉴질랜드 사람들은 자신에 대한 믿음이 확고해 타인에게도 그 특수성을 인정할 줄 안다.

뉴질랜드 사람들은 아주 오랜 세월을 정체성을 형성하려고 고통스럽게 투쟁했다. 19세기에 영국인들은 아오테아로아를 자신들의 것이라고 주장하고, 마오리족을 약탈하고 억압하고, 그들의 언어를 금지하고, 지배자로 자처했다. 아메리카와 오스트레일리아에서 진행된 것과 같은 끔찍한 식민화의 역사였지만 몇 가지 중요한 차이점이 있다. 예를 들어보자. 영국인은 1840년에 마오리족과 조약을 맺었다. 이 와이탕이(Waitangi) 조약에서 마오리족은 자신들의 주권을 포기하는 대신 토지 소유권을 계속 갖는다는 확약을 받았다. 약속은 이후 수십 년간 자주 깨졌으나, 유럽인이 원주민과 계약을 맺을 필요가 있다고 생각한 첫 사건이자 유일한 사건이었다. 1975년에 뉴질랜드인들은 중요한 발걸음을 내딛기로 결정한다. 지난 수십 년간 겪은 불의를 보상받기 위해 와이탕이 재판소를 설치한 것이다. 이 제도 덕분에 지금도 마오리족은 누구나 유럽인의 조약 위반에 대해 소송을 제기할 수 있다. 이후 마오리족은 거대한 토지를 반환받았다. 와이탕이 재판소는 무엇보다 뉴질랜드인들로 하여금 그 어느 국가보다 열심히 자국의 식민화 역사를 연구하도록 만들었다.

영국인들은 세계 끄트머리에 있는 섬나라를 자신의 꿈을 이루는 곳으로 생각했다. 이를 위해 자신보다 먼저 그곳에서 살고 있는 사람들로부터 나라를 빼앗았다. 그들은 불의를 저지르고 죄를 지었다. 그러나 내가 날마다 매번 인상적으로 생각하는 것은 그들의 후손이 선대의 실수에서 교훈을 얻었다는 것이다. 뉴질랜드는 더 나은 영국이 될 수 없었다. 뉴질랜드는 이미 아오테아로아, 즉 마오리족의 땅이었다. 그리고 현재는 내가 아는 그 어떤 나라보다 두 문화 국가(두 문화가 공존하는 국가)의 이상향에 가까운 나라가 되었다. 이걸 특히 분명하게 느낀 건 어느 가을날 오클랜드 북쪽에 있는 병원을 방문했을 때였다. 저신다 아던 (Jacinda Ardern) 뉴질랜드 총리의 방문이 예고되어 있었다. 총리는 예산안과 의료 서비스 비용에 대해 설명할 예정이었는데, 그에 앞서 재무장관, 의사, 간호사, 원주민 대표 들과 함께 마오리족의 노래들을 잇달아 불렀다. 독일 연방의회에서 토의를 시작하기 전에 우선 30분만이라도 의원들이 함께 노래를 부른다면 정치적 분위기가 어떻게 변할까?

1987년에 마오리족의 언어인 테 레오(Te Reo)가 뉴질랜드 국어로 지정되었다. 이제는 마오리 텔레비전 및 라디오 방송국도 있다. 나의 두 딸이 다니는 학교에서는 마오리어 수업이 의무다. "케이 헤아 토 푸카푸카(Kei hea to pukapuka)?"는 '네 책은 어디에 있니?'를 뜻한다. "케이 헤아 테 페네 라카우(Kei hea te pene rakau)?'는 '연필은 어디에 있니?'를 의미한다. 교실 벽에는 중요한 어휘들이 붙어 있다. '마타쿠(Mataku)'는 '겁이 많다'를, '카라웨(Ka Rawe)'는 '멋지다'를 의미한다. "우리가 정말 두 문화 국가가 되고 싶으면 우리 파케하들은 마오리 언어를 배워 그들을 존중하는 마음을 보여주어야 합니다." 교장 선생님이 내게 말한다. 그는 얼굴이 창백한 사람이라는 뜻의 '파케하'라는 말을 매우 자연스럽게 사용한다. 내가 뉴질랜드에서 만난 수많은 백인들이 그렇듯이 교장 선생님도 유럽인을 지칭하는 과거의 마오리 말을 받아들였다. 내로 넥에서는 마오리어를 가르치는 것으로 끝나지 않는다. 1주일에 한 번 내 딸들은 마오리족의 춤인 하카(Haka)를 연습한다. 많은 교실 벽에는 포장지를 잘라 마오리족의 카누 와카(Waka)를 만들어 붙여놓고 그 안에 아이들 얼굴을 그려 넣었다. 마치 아이들이 함께 보트를 타는 것 같았다. "헤 와카 에케 노아(He waka eke noa)." 마오리족의 이 말은 '우리는 함께한다.' '우리는 함께 헤쳐나간다.' 또는 글자 그대로 '우리 모두 이 와카에 타고 있다.'라는 뜻이다.

마오리족은 뱃사람들이라 항해술에서는 당할 자가 없었다. 그들은 와카를 타고 바다를 항해할 때 노래를 만들어 부르며 항로를 기억했다. 밤에는 별만 뜨면 충분히 방향을 잡을 수 있었다. 마오리족은 섬 최남단에 있는 땅에 도착한 뒤에야 최종적으로 뉴질랜드에 정착했다. 마오리족의 전통과 노래는 그들이 어떻게 바다를 항해했는지, 그러면서 어떻게 길을 잃지 않았는지를 들려준다. 많은 서구 사회에는 미래로 가는 길을 알려줄 만한 거대 서사가 없다. 신화와 상징은 악용되었거나 지금은 그저 터무니없는 것처럼 들린다. 반면에 뉴질랜드에서는 뭔가 독특한 일이 일어났다. 주류 사회가 공교롭게도 21세기의 도전을 상대하기에 이상적인 소수자의 문화를 받아들인 것이다.

이는 통합이라는 문제에서 아주 분명하게 드러난다. 뱃사람이었던 마오리족은 고향에 대해 실용적인 태도를 가지고 있다. 뉴질랜드에서 그들이 그런 관념으로 분위기를 끌고 나간다는 건 대단히 유익한 일이다. "내 두 발이 서 있는 곳이 내 고향이다." 이민자들이 많은 어느 학교의 교실 벽에 이렇게 적혀 있다. 그 밑에는 학생들이 제 이름을 써놓았다. "우리나라는 신생 국가이기 때문에 통합은 예외가 아니라 규칙입니다." 어느 학교의 교장 선생님이 내게 한 말이다.

내가 또 인상적으로 본 것은 종교가 뉴질랜드에서 부차적인 역할에 머물러 있는 듯한 모습이었다. 내로 넥 학교에는 관련 수업조차 없다. 교장 선생님은 내 느낌이 옳았음을 확인해주었다. "다른 곳에서는 종교가 수행하는 임무를 여기에서는 마오리족의 의례가 수행합니다. 그들의 전통은 우리 사회를 똘똘 뭉치게 하는 접합제예요." 함께 하카 춤을 추는 학생들을 보았을 때 이 말이 떠올랐다. 학생들 중에는 백인, 마오리족, 아프리카 아이, 인도인, 중국인, 남미 아이들이 있었다. 학생들은 모두 똑같이 소리를 지르고, 숨을 헐떡이며, 기진맥진이 되도록 마오리 춤을 추었다.

마오리족은 이런 걸 어떻게 생각할까? 어느 지점에서 그들에 대한 존중이 끝나고 어느 지점에서 집단적인 도용이 시작될까? 그들의 땅을 빼앗았던 백인들이 이젠 그들의 문화까지 제 것인 양 행동하는 게 불편하지 않을까? 나는 두 딸이 다니는 학교에서 마오리어를 가르치는 선생님에게 이 질문을 던졌다. "15세가 될 때까지 저는 어머니가 마오리어를 할 줄 안다는 것도 몰랐어요. 그건 우리가 부끄러워하는 언어였어요. 지금 이 금발의 백인 아이들이 우리 언어를 사용하고 우리 노래를 부르는 걸 보면 심하게 전율이 일어요." 얼마 전 뉴질랜드 총리가 딸을 출산하고 가운데 이름을 '사랑'을 뜻하는 '테 아로하(Te Aroha)'로 지었을 때 마오리족은 열광했다.

두 딸이 다니는 학교의 문화 주간이다. 월요일부터 금요일까지 수업을 중단하고 아이들은 워크숍에 참가한다. 한 학년 중 절정을 이루는 행사다. 영국 출신의 여자 선생님이 장갑을 끼고 왕관을 쓰고 학생들과 상냥하게 인사한다. 여왕이다. 부모가 이탈리아 사람인 남학생은 이탈리아의 전통 의상인 토가를 걸쳤고, 인도에서 온 여학생은 사리를 입었다. 또 다른 여학생은 크리올*

---

* 크리올(kreol): 유럽인의 자손으로 식민지 지역에서 태어난 사람을 부르는 말
   이었으나, 오늘날에는 보통 유럽계와 현지인의 혼혈을 가리킬 때 쓰인다.

의상을 입었다. 디른들*, 인디언 장식, 배트맨 의상도 등장했다.

"부모님이 외국인인 사람?" 선생님이 음악 워크숍에서 묻는다. 참석한 38명의 학생 중에서 17명이 손을 든다. 이 아이들의 가족은 말레이시아, 오스트레일리아, 덴마크, 크로아티아 출신이다. 선생님이 세계 각국의 음악을 연주하면 아이들은 그게 어느 나라 것인지 알아맞힌다. "이탈리아요." 그리스 노래가 연주된 뒤 한 남학생이 말한다. "맞힐 뻔했어." 선생님은 이렇게 말하고 세계 지도에서 두 나라가 어디에 있는지 가리킨다. 이렇게 해서 남학생은 멀리 떨어진 유럽의 지리에 대해서도 더불어 배운다. 음악에 이어 아이들은 춤을 연습한다. 내가 워크숍을 떠날 때 선생님과 학생들은 함께 막 쿠바 춤을 연습했다. 그들 뒤에는 "실수는 두뇌를 자라게 한다."라는 문구가 적힌 커다란 플래카드가 걸려 있다. 옆에 있는 파란색 건물에는 바이킹으로 분장한 여자아이와 브라질 국기로 몸을 감싼 남자아이가 앉아서 외국의 생일 파티 전통에 대해 이야기를 나눈다. 다른 건물에서는 학부모들이 브라질 초콜릿 브리가데이루, 덴마크 과자, 일본의 도라야키 등으로 뷔페를 준비한다.

금요일에 열리는 '어셈블리(Assembly, 모임)'와 함께 문화 주간은 막을 내린다. 이때는 예외적으로 교장 선생님이 직접 음

---

* 디른들(Dirndl): 허리와 상의는 꽉 조이고 치마폭은 넓은 옷. 바이에른 지방과 오스트리아의 전통 의상.

악을 튼다. 쿨 & 더 갱(Kool & the Gang)의 「셀리브레이션 (Celebration)」이 흘러나오자 학생과 선생님들이 함께 대대적인 가장 행렬을 벌인다.

뉴질랜드에서 가장 감동적이었던 건 사람의 출신지가 좋은 뜻에서든 나쁜 뜻에서든 모든 것을 결정하는 속성이 되지 못한다는 점이었다. 내가 참관한 어느 학급에서 아이들은 왜 자기가 특별한 존재인지를 글로 쓴다. "나는 이집트에서 왔으니까." 한 남자아이가 적는다. 선생님이 보기에 미흡했다. 아이는 잠시 후 자기가 미술을 잘하고 착한 남동생이라는 것을 덧붙인다. 뉴질랜드에서는 사람이 자기 출신지 때문에 기분이 상하는 것을 용납하지 않는다. 그렇다고 자기 출신지를 과대평가해서도 결코 안 된다. 본인이 어디에서 왔든 자식들은 유동적인 정체성을 형성하도록 격려한다. 스스로 한곳에만 집착하지 않는 의식을 갖게 하는 것이다.

어느 반에서는 아이들이 미국 작가 조지 엘라 라이언(George Ella Lyon)의 시 「나는 어디에서 왔나(Where I'm from)」를 읽는다. 작가 자신이 어떤 영향을 받아 성장했고 무엇이 현재의 삶을 결정하는지를 그린 작품이다. 시를 읽은 뒤 학생들은 자기만의 언어로 「나는 어디에서 왔나」를 짓는다. 도입부는 여느 때처럼 선생님이 말해준다. 아문이라는 이름의 남자아이가 다음과 같이 적는다. "나는 뉴질랜드의 캠핑에서 왔고, 나는 카이로에서 왔고, 나는 모노폴리 게임에서 왔다." 로라는 다음과 같이 쓴다.

"나는 과단성에서 왔고, 나는 보디 서핑에서 왔고, 나는 펭귄을 만졌던 수족관에서 왔고, 나는 브라질에서 왔다."

여기에서도 정체성의 문제를 다룬다. 출신지는 수많은 세부 사항 중 하나일 뿐이다. 출신지를 아이들에게서 빼앗을 수는 없지만, 아이들도 뉴질랜드의 일원이 되고 싶다면 출신지로 도피해서는 안 된다. 내로 넥 학교 강당에 걸려 있는 독일 국기가 이 문제를 설명하는 데 적절하다. 독일 국기는 내 딸을 비롯해 독일에서 온 학생들을 위해 걸어놓은 것이다. 다른 국적의 아이들을 위해 27개의 국기가 더 걸려 있다. 이 아이들의 출신 국가를 기념하는 뜻도 있지만, 적어도 뉴질랜드에서 적응하려는 그들의 노력도 축하하는 의미가 있다. 내 딸이 이곳에 오고 몇 달 후 수영대회에 나가 1등을 했다. 수영은 뉴질랜드인들이 대단히 소중히 여기는 운동 종목이다. 교장 선생님은 '어셈블리'에서 모든 이가 지켜보는 데서 딸과 악수하며 진심으로 축하하는 목소리로 말했다. "뉴질랜드에 온 것을 환영합니다."

⑬
초콜릿을 어떻게 녹일까?

"오늘부터 여러분은 과학자가 되어 임무를 완수해야 해요. 2주 내로 여러분은 남극으로 떠납니다. 그때까지 남은 시간을 활용해 가능한 한 남극에 관해 많은 것을 알아두세요." 어느 여름날 딸이 집으로 가져온 안내장에 이렇게 적혀 있었다. 학교에서 선생님들은 이미 모든 것을 준비해놓았다. "남극은 어디에나 있어요." 선생님들이 검은 천으로 덮어놓은 벽에 적혀 있는 글귀다. 각각의 글자는 극지방의 지도에서 오려내어 붙였다. 글귀 밑에는 이제부터 아이들이 연구할 문제를 적어 넣을 자리가 넉넉하다. 그곳엔 어떻게 갈까? 그곳엔 어떤 동물이 살고 있을까? '저체온증'처럼 어렵지만 영구 얼음 탐험에서 생존하려면 알아야 할 중요한 낱말들도 핀으로 꽂아놓았다. 마지막 준비로 아이들은 저희들이 원하는 텐트촌 모습을 그림

154

으로 그렸다. 선생님들이 아이들에게 준 유일한 지침은 집에 있는 재료만을 사용해야 한다는 것이었다. 그래서 내 딸은 어느 날 두루마리 휴지의 심과 상자를 가지고 학교에 갔다. 며칠 후, 밖이 벌써 어두워진 시각에 커다란 버스가 학교 앞에 멈춰 섰다. 아이들을 수족관으로 태우고 갈 버스다. 그곳에서 선생님과 부모와 함께 밤을 보낼 예정이다. 지금까지도 내 딸은 그 어느 동물보다 펭귄에 대해 할 얘기가 많다.

뉴질랜드 학교 교실에는 주기율표, 지도, 유전 도표가 각각 제 위치에 자리 잡고 있다. 그러나 이보다 훨씬 중요한 건 축구를 좋아하는 한 남자아이가 제 운동복의 화학적 특성을 조사하다가 폴리에스테르를 알게 되었다는 것이다. 그리고 한 선생님은 기침을 심하게 하는 학생들에게 집에서 시료를 채취해 오라고 지시했다는 것이다. 학교가 있는 곳은 빈곤한 지역이다. 습한 주택이 많다. 그래서 선생님은 혹시 곰팡이 때문에 아이들 건강에 문제가 있는 건 아닌지 수업 시간에 함께 알아보려 한다. 다섯 살짜리 작은딸은 자신이 무척 좋아하는 재료를 가지고 학교생활의 첫 실험에 들어갔다. "초콜릿을 어떻게 녹일까?" 이것이 연구 문제였다. 모든 아이들이 초콜릿 봉봉이 든 봉지를 받았다. 그러나 다 먹어버리지는 않고 가설을 세운 뒤 검증에 들어간다. 블레이크는 흰색 스웨터를 입었을 때보다 검정 스웨터를 입었을 때 땀을 더 많이 흘렸다는 사실을 떠올리고 초콜릿을 검은색 양동이에 넣어 햇빛을 쬐인다. 아리아는 초콜릿을 전자레인지에 넣어 돌리고, 리브는 초콜릿을 손으로 문지른다. 바깥이 추울 때 그렇게 하면 손이 점점 따뜻해진다는 걸 경험했기 때문이다.

독일에서는 수업 시간에 무엇보다 어니스트 러더퍼드, 그레고어 멘델, 마리 퀴리 같은 유명 과학자를 공부하는 반면, 뉴질랜드에서는 7학년생들이 자신에게 개인적으로 큰 의미가 있는 과학자에 관해 에세이를 쓴다. 요트 타기를 열정적으로 즐기는 한 여학생은 천문학자 에드먼드 핼리를 선택했다. 그의 연구가 더 편리한 항해에 기여했기 때문이다. 복도에는 "미래는 생물학자의 호기심을 필요로 한다."라는 문구가 적힌 플래카드가 붙어 있고, 화학 실험실에는 "악이 승리하는 데는 선이 아무것도 안 하는 것으로 족하다!"라는 문구가 적혀 있다. 뉴질랜드의 많은 학교에서 영재반을 도입했다. 매주 금요일에 아이들은 몇 시간씩 스스로 선택한 프로젝트를 진행한다. 프로젝트는 아이들이 연구하는 문제 해결에 이바지해야 한다. 한 여학생은 장애인들이 이동하기 편리한 경기장을 디자인하고 있다.

뉴질랜드에서 이런 방식의 과학 수업을 하게 된 건 역시 한 시골 교사 덕분이다. 뉴질랜드 외딴 곳에 있는 빈곤 지역인 노스랜드에서 엘윈 리처드슨(Elwyn Richardson)이라는 남성이 1949년부터 1962년까지 교편을 잡았다. 그가 처음 출근한 날 겨우 12명의 학생이 출석했다. 학교 건물은 더러웠고 악취가 났으며, 물탱크에는 죽은 새들이 있었다. 직전에 재직했던 교사들은 모든 걸 버리고 떠났다. 수업 교재는 없었고 리처드슨이 서랍에서 발견한 기다란 갈색 가죽 채찍만 있었다. 그는 아이들과 함께 채찍을 태워버렸다. 그가 수행한 첫 공무였다. 리처드슨은 아이들이 배움에 흥미를 느끼게 하는 유일한 방법은 아이들의 삶이 있는 곳으로 가는 것임을 깨달았다. 그는 아이들을 데리고 바깥으로 나갔다. 아이들은 자기들이 거의 날마다 헤엄치고 물고기를 잡는 강의 염도를 몇 달 동안 선생님과 조사하고, 자신들이 사는 농가에서 자라는 가시금작화의 분포도를 지도에 그렸다. 리처드슨은 애벌레들이 암소 방목지를 습격한다는 소식을 듣고 아이들을 보내 연구용으로 몇 마리를 채집하게 했다. 이쯤 되자 학부모들도 열렬히 호응했다. 두 명의 아버지는 수업에 와서 돕겠다고 했다. 아이들이 언젠가는 부모가 하는 농장을 물려받을 텐데, 이 선생님이 지금 아이들에게 해충에 관한 것을 가르치니 얼마나 좋으냐는 것이었다.

어느 날 아침 말벌이 열린 창을 통해 학교 건물 안으로 날아들어오자 리처드슨은 이걸 말벌 연구의 기회로 삼았다. 아이들은 말벌에게 시험 삼아 간식으로 가져온 사과, 꿀, 소시지를 조금 주었다. 그 결과 말벌이 꿀을 가장 잘 먹는다는 걸 확인했다. 아이들은 얼마나 많은 말벌이 언제 자신들이 있는 곳으로 모여드는지 세어보고 이게 무엇과 관계가 있는지 추측했다. 어쩌면 시간이나 날씨와 연관이 있을 것도 같았다. 어느 날에는 말벌을 끝까지 쫓아가 벌집을 찾아냈다.

수업은 과학적 관찰만으로 끝나지 않았다. 자연의 무늬, 형태,

색깔이 너무나 아름답게 보여 생물학에 처음 관심을 가지게 되었다는 리처드슨은 아이들을 독려해 바깥의 들판과 숲과 강에서 본 모든 것을 예술로 바꿔놓게 했다. 흙에서 찾아낸 진흙으로 머그컵을 만들고, 학교 근방에서 자라는 나무의 가지로 컵 표면에 무늬를 새겼다. 리놀륨 판화를 만들 때는 선생님과 긴 산책길에서 만난 마누카 나무, 달팽이 알, 물고기를 묘사했다. 식물의 씨, 파리의 다리, 꽃받침을 함께 현미경으로 들여다본 다음 그것을 보며 떠올린 무늬를 천에 날염했다. 또한 말벌들을 수많은 스케치와 그림으로 재현했다.

리처드슨 선생님의 수업 방식은 실비아 애슈턴 워너의 교수법과 비슷하게 뉴질랜드에서 열광적으로 수용되었다. 뉴질랜드의 고위 교육 관료였던 클래런스 비비도 리처드슨의 학교를 방문했다. 교사들이 자주 어렵게 생각하는 것을 리처드슨이 해냈기 때문이다. 이른바 교육 소외 계층의 아이들의 교육에 성공한 것이다. 그건 오늘날까지도 뉴질랜드에서 실시되고 있는 생활 밀착형 수업과, 과학과 미술의 독창적인 결합을 통해 가능했다.

독일에는 성격이 뚜렷한 중등학교들이 많다. 과학 중점 학교나 예술 전문 학교들이 있어서 학부모는 어렵지만 일찌감치 자녀의 진로를 결정해야 한다. 반면에 뉴질랜드에서는 수업을 통합 교과로 진행한다. 학생들은 워크숍에서 박테리아를 그림처럼 감상한다. 비행의 역학을 공부한 뒤에는 정교한 날개를 디자인한다. 잭슨 폴록(Jackson Pollock) 스타일로 액션 페인팅을 하고, 수학자들이 미술가의 그림에서 발견한 프랙털 차원에 대해 대화한다.

이 밖에도 뉴질랜드 학교에는 어딜 가나 미술이 있다. 어느 학교 교정에서 나는 거대한 꽃 그림을 보았다. 꽃잎 하나하나가 사실은 아이들의 손 도장이라는 것을 나는 한참 뒤에야 알아보았다.

어느 멋진 여름날, 내로 넥의 학생들이 물감을 칠하며 사방을 어지럽힌 탓에 선생님들도 신발을 벗고 맨발이 되었다. 학생들은 수업 시간에 미리 생각해두었던 무늬를 기다란 천에 그리고, 마지막에는 모든 아이들이 다함께 무늬를 맞추어 그려 넣었다. 각자 담당한 몫을 다할 때 그 최고의 시너지 효과는 상호 협력에서 나온다는 것, 바로 이것이 최고의 예술이다.

14

빨래집게와 딸기로 배우는 수학

"엄마, 우리가 어제 '문제 해결 (Problem Solving)' 시간에……." 큰딸이 내게 이렇게 말한다. 딸은 몇 주 전부터 내로 넥의 학교를 다닌다. 이 말을 들은 순간 딸이 수학 시간을 이렇게 특이하게 바꿔 부른 건 th 뒤에 s가 붙는 어려운 단어 매스(Maths)를 쓰고 싶지 않아서라는 생각이 들었다. 얼마 후 나는 직접 수학 시간에 들어가보았다.

수업이 시작되자 선생님이 문장제 문제를 벽에 건다.

"제니는 돼지와 오리를 가지고 있다. 동물들의 다리는 모두 합하면 28개이다. 제니는 돼지와 오리를 각각 몇 마리 가지고 있을까?"

선생님이 오리 한 마리와 돼지 한 마리를 칠판에 그린다. 돼지의 모습이 개와 놀랍도록 비슷하다. 우리가 있는 곳은 뉴질랜드다. 이곳 선생님들은, 선생님이 실수하는 걸 학생들이 볼 기회가 생기면 매우 즐거워한다. "이건 진짜 돼지처럼 생기지 않았지만, 적어도 비슷하게 그리려고 노력은 했어요." 선생님이 환하게 웃으며 말한다. 그리고 손뼉을 길게, 짧게, 짧게, 길게, 길게 친다. 아이들이 따라 친다. 선생님은 반 아이들을 다섯 모둠으로 나누고 연습지를 배포한다. "시간은 20분을 줄게요."

여기까지는 아주 평범한 수업 시간이다. 아이들이 모둠별로 문제를 푼다. 그런데 맨발로 교실 바닥에 앉아 있다. 20분이 지난 뒤 나는 놀라움을 금치 못한다. 모둠마다 문제를 어떻게 풀었는지 자세하게 이야기한다. 어느 모둠은 그저 추측하는 것으로 그쳤고, 어느 모둠은 오리부터 세기 시작했다. 오리는 발이 두 개뿐이므로 어쨌든 오리가 더 많을 거라고 생각해서다. 또 어느 모둠은 방정식을 만들어 풀었다. "나도 처음에 오리를 먼저 세어보았어요." 여자 선생님이 말한다. "나는 이리저리 맞혀보다가 수를 가지고 놀았어요." 남자 선생님이 말한다. 아이들은 이 문제를 풀면서 어떤 다른 수학 문제들이 떠오르는지 이야기한다. 즐겁게 수학 이야기를 주고받으며 15분이 흐른다. 그러나 정답에 대해서는 언급하지 않는다. 네 영역으로 나뉜 연습지에도 정답을 쓰는 자리는 없다. 첫째 영역에는 문제에서 얻어낸 힌트를 적고, 둘째 영역에는 문제를 알기 쉽게 하기 위해 뭔가를 그려 넣고, 사고 영역인 셋째 영역에는 문제를 숫자로 표현하고, 넷째 영역에는 각자 이 문제를 어떻게 생각하는지 기록한다. 문제의 결과는 아이들 대부분이 사고 영역 어딘가에 간신히 적어 넣는다. 그리고 정답은 수업 마지막에 가서, 그것도 중요하지 않다는 듯이 칠판에 적는다.

선생님은 누가 정답과 다른 답을 얻었는지 알고 싶어 한다. 한 여자아이가 손을 든다. "네가 문제 푼 방식을 설명해보겠니?" 선생님이 관심을 가지고 묻는다. 여자아이는 장황하게 이야기하지만, 자신이 저지른 분명한 실수에 결코 주눅 들지 않는다.

수학 시간이 끝난 뒤 나는 내 딸이 '문제 해결'이라고 말한 것을 더는 의아하게 생각하지 않는다. 독일의 수학 시간에는 아직도 아이들이 공책에 인쇄된 빈칸에 숫자를 적어 넣으며 공부하지만, 뉴질랜드 아이들은 진짜 문제를 푼다. 한 남자아이의 젖니가 빠지자 선생님은 아이에게 앞으로 모두 몇 개의 젖니가 더 빠질지 계산하게 한다. 크로스컨트리 경주가 열릴 때마다 아이들은 선수들이 어떻게 달리고 시간은 어떻게 측정하는지를 다루는 과제를 경기 직전에 받는다. 어느 날 오후엔 선생님이 아이들의 도시락 통을 조사했다. 몇 명이 딸기와 바나나와 키위를 가지고 왔을까? 각자 가장 좋아하는 과일은 무엇인가? 가장 적게 가지고 온 과일은 무엇일까? 아이들은 그 결과를 커다란 포스터에 적는다.

내가 참관한 3학년 교실에서는 5 곱하기 18을 공부한다. 이때도 아이들은 답을 말하는 게 아니라 답을 찾아가는 과정을 말한다.

예를 들면, 5 곱하기 10과 5 곱하기 8을 더한다.

또는 10 곱하기 9다.

또는 5 곱하기 20에서 5 곱하기 2를 뺀다.

수학을 탐정놀이처럼 배우는 것이다. 선생님이 "맞았어요." 혹은 "틀렸어요."라고 말하는 걸 나는 거의 들어보지 못했다. 뉴질랜드 학교에서 최고의 칭찬은 "훌륭한 생각이에요."다. 선생님은 전략을 말해주고 그것을 일반화한다. 나는 선생님의 설명을 허겁지겁 따라가다 6 곱하기 19는 어떻게 풀까 생각하던 차에 쉬는 시간을 알리는 종이 울렸다.

학교에 다닐 때 나는 수학을 못하지 않았다. 그러나 뉴질랜드에서 수학 수업을 참관한 뒤로 나는 내가 옛날에 정말 수학을 이해했던 건지 의문이 들었다. 사실 나는 곱셈식이나 받아올림 같은 방법만을 배워 그걸 매번 응용했을 뿐이다. 여하튼 나는 계산 속도가 빨랐기에 크게 이해할 필요까지도 없었다.

그러나 속도라는 건 정말 애매한 문제다. 우리는 흔히 문제를 빨리 푸는 사람을 수학 천재로 인정하지만, 컴퓨터 시대에 빠르게 곱셈을 하는 능력이 무슨 큰 의미가 있을까? 방법을 익히고 수열을 암송하는 게 무슨 쓸모가 있을까?

학자들은 PISA에서 연구 대상이 된 1,300만 명 아동의 데이터를 분석했다. 그 결과 수학을 일련의 독립된 방법들이라고 생각한 아이들이 전 세계적으로 가장 성적이 좋지 않았다. 반면에 수학은 상호 연관된 거대한 개념의 집합이라고 믿는 아이들은 우수한 성적을 냈다.

뉴질랜드에서 내가 처음으로 주목한 점은 수학을 개념의 구조물로 볼 경우 이 과목이 무척이나 심도 있는 대화를 필요로 한다는 것이었다. 아이들은 첫날부터 수학적 담론에 참여할 자세가 되어 있었다. 1학년생들의 교실에는 수학 시간에 사용하게 될 문장이 걸려 있었다. "나는 네 의견에 동의해. 왜냐하면 ＿＿." "＿＿을/를 할 수 있는 다른 방법을 알고 있니?" "＿＿이/가 왜 그런지 더 자세히 말해줄 수 있니?" "내가 궁금한 것은 ＿＿." "내가 확인한 바로는 ＿＿." "너는 왜 ＿＿ 했니?" 수학은 해답을 아무 의심 없이 받아들이는 것도 아니고 최소 공통분모도 아니다. 수학은 높은 수준에서 진행되는 대화이며, 이를 통해 아이들은 특히 모호함에 대한 관용을 키워간다. 수학을 통해 아이들은 서로 다른 방법으로도 같은 목적지에 도달한다는 것을 아주 어렸을 때부터 배우는 것이다.

1학년 교실. 아이들이 동물 모형을 분류하는 과제를 받는다. 나무로 만든 작은 곰이 크기와 색깔별로 있다. 아이들은 선생님이 강조한 대로 각자 조용히 과제에 몰두한다. 과제가 끝나면 책상을 돌며 각자 자신의 분류 원칙을 설명한다. 얼굴을 응시하며 얘기한다고 해서 '고크 앤드 토크(Gawk and Talk)'라고 한다. 선생님은 이 모습을 사진으로 찍는다.

한 여자아이는 곰을 세 집단으로 나누었고, 다른 여자아이는 크기별로 분류했다. 한 남자아이는 곰 가족을 만들었고, 또 다른 여자아이는 곰을 무지개 색깔로 정렬했다. 한 남자아이만 곰을 아무렇게나 쌓아놓았다. 무슨 원칙에 따라 쌓은 거냐는 물음에 아이는 어깨만 들썩인다.

다음 날 아침 아이들이 학교에 왔을 때 모든 결과물을 찍은 사진이 화려한 액자에 끼워져 벽에 걸려 있다. 늦어도 이쯤 되면 아이들은 곰을 분류할 때 맞고 틀린 원칙이 없다는 것을 알게 된다. 무질서하게 쌓인 곰을 찍은 사진도 걸려 있다. "곰들이 모두 한데 모여 쉬고 있어요." 선생님이 사진에 적은 문구다. 뉴질랜드 학교에서는 아이에게 절대로 창피를 주지 않는다. 그와 동시에 선생님은 그 남자아이에게 보충 수업을 해주어야겠다고 기록해두었다. 목적은 분명하다. 학기말이 되면 아이들은 여러 개의 전략을 익히고 구분하고 논증할 줄 알아야 하기 때문이다.

아무리 자유롭다고는 하지만 수학 시간에도 역시 명확한 규칙이 지배한다. 초등학생은 누구나 막힘없이 구구단을 외울 수 있어야 한다. 하지만 조용히 앉아서 입으로만 외우는 것이 아니라 놀이하듯 외운다. 내가 참관한 3학년 교실에는 칠판에 7의 배수가 70까지 적힌 쪽지들이 붙어 있다. 아이들이 한 목소리로 수열을 말하면 선생님이 숫자 7이 적힌 쪽지를 떼어서 요란한 몸

짓과 함께 바닥에 던진다. 아이들이 키득키득 웃는다. "잘 가!" 7이 적힌 쪽지에 대고 선생님이 외친다. "잘 가!" 아이들이 환호하며 따라 한다. 숫자를 하나씩 말할 때마다 선생님은 계속 쪽지를 떼어낸다. 14를 떼고 21을 뗀다. 이제 아이들은 이 숫자를 외워서 말할 수 있어야 한다. "이제 정말 자신 있어요?" 선생님이 이렇게 묻고 35를 뗀 뒤 아이들의 능력을 믿을 수 없다는 듯이 눈을 크게 뜬다. 아이들이 신이 나서 외친다. "칠, 십사, 이십일, 이십팔, 삼십오, ……." 아이들이 리듬에 맞춰 외친다. 다음날 7단이 다시 칠판에 붙어 있다. 이번에는 14, 42, 7, 56, …… 처럼 숫자가 뒤섞여 있다. 두 명의 아이에게 숫자를 올바른 순서로 정렬하라는 과제를 낸다. 두 아이가 과제를 하는 동안 선생님은 계속 숫자들 간의 관계를 설명한다. "2 곱하기 7은 14이기도 하지만, 4 곱하기 7의 절반이기도 해요."

사고하기는 뉴질랜드 커리큘럼에 명문화되어 있는 핵심 능력의 하나다. 수학에 적용해 말한다면, 계산만 하지 말고 수학적으로 생각하는 법을 배워야 한다는 뜻이다. 5 곱하기 18이 90이라는 것을 아이들은 그저 외우기만 하지 않는다. 선생님은 정신의 기어에 일부러 소량의 모래를 뿌린다. 5 곱하기 18은 10 곱하기 9와 같고, 이것은 10 곱하기 18을 2로 나눈 것과 같다. 각각의 문제는 거대한 수학 체계 안에 있는 구성 요소일 뿐이다. 선생님은 아이들이 숫자를 개념적으로 연결할 수 있도록 언제나 자극을 가한다.

내로 넥 학교의 1학년 교실에서 몇 년 전 놀이 기반 학습을 도입했다. 총 50명의 학생을 가르치는 네 명의 교사가 하루 동안 시간을 배분해 아이들을 따로따로 불러 소모둠에서 집중적으로 함께 공부했다. 그동안 나머지 아이들은 논다. 내가 참관했을 때는 6명의 아이들이 선생님과 막 창의력 문제를 풀고 있었다. 놀고 있는 아이들도 사실은 수학을 공부하는 것이었다. 몇 명은 기하학적 도형으로 물건과 동물을 만든 다음 어떤 도형을 사용했는지 적는다. 조엘은 기린을 만들려고 3개의 정사각형, 10개의 직사각형, 4개의 삼각형을 사용했고, 마조리가 만든 우주선에는 6개의 직사각형, 1개의 원, 2개의 육각형, 1개의 삼각형이 있다. 다른 아이들은 앉아서 보드게임을 한다. 늘 주사위 여러 개의 눈을 합산해야 한다. 이게 누구의 도움도 없이 될까? 꼭 그렇지만은 않다. 아이들이 자유롭게 논다고 해서 완전히 저희들 마음대로 하는 것은 아니다. 선생님 한 명이 옆에서 수학적인 자극을 준다. 선생님은 주사위와 보드게임 판을 바닥에 설치하고, 잠시 아이들과 게임하고, 큰 소리로 주사위 눈을 센다. 아이 몇 명이 조립식 블록으로 자동차를 만들기 시작하자 선생님이 그 무리에 합류해 질문을 던진다. "블록을 몇 개나 사용했니?" "버스를 만들려면 몇 개가 더 필요할까?" 같은 시각에 두 여자아이가 교실에 넘실대는 수학의 물결에 영감을 받아 이젤에 번갈아가며 숫자 1부터 122까지 한가득 적는다. 그럼 구석에 있는 남자아이는 뭘 할까? 그 아이는 로켓을 만들어 곧 쏘아 올릴 예정이다. 아이가 20부터 거꾸로 센다. "이십, 십구, 십팔, ……."

수학은 뉴질랜드 학교 교실 어디에나 있다. 기하학적 모자이크 놀이와 다각형 블록이 마련되어 있지만, 빨래집게 같은 생활용품도 거기에 선생님이 숫자를 적어 넣으면 수학의 도구가 된다. 가끔 자신의 몸까지 도구로 사용한다. 총계 합산은 어떤 방식으로 표기하는지를 2학년생들이 배운다. 네 명이 나란히 바닥에 눕고 그 위에 한 명이 빗금을 그은 모습으로 누우면 된다.

부활절과 할로윈 축제도 있지만, 내로 넥의 학교에서는 수학의 날도 기념한다. 수학 주간이 되면 평소 아이들이 춤추고 노래하는 강당은 다양한 창의력 문제를 푸는 책상으로 가득 찬다. 이걸 만든 사람은 찰스라는 이름의 중년 남성이다. 과거에 다니던 직장을 그만두고 실직한 그는 조기 연금생활자가 되는 대신 현재 수학 트럭을 몰고 전국을 돌아다닌다. 1년에 70군데 학교를 찾아가는데 학생 한 명당 3유로를 받는다. 찰스는 전형적인 뉴질랜드 사람이다. 무너졌다 일어나서 다시 시작한다. 강당 책상 위에 세워놓은 방 여러 개짜리 작은 목조 주택 모형은 그가 직접 만든 것이다. 주택 한가운데에 그는 플레이모빌 피규어를 갖다 놓고 끈에 고정했다. 아이들은 어떻게 해야 이 피규어가 각 방을 한 번만 지나 가장 빨리 부엌으로 갈 수 있는지를 알아내야 한다. 다른 책상에는 검은색과 흰색의 나무 직육면체가 있다. 이걸로 아이들은 다양한 무늬가 들어간 뱀을 가능한 한 많이 만든다.

이런 방식의 수학 수업이 시작된 것은 1990년대였다. 언제나 자신이 하는 모든 것을 연구하고 경우에 따라서는 개선하는데 열성적인 뉴질랜드인들은 OECD 조사 결과 뉴질랜드 학생들의 수학 실력이 만족스럽지 않다는 것을 알았다. 또한 그들은 컴퓨터가 인간에 대한 요구 조건을 바꿔놓을 거라는 사실을 고려하기로 했다. 이에 따라 뉴질랜드인들은 '수리력 프로젝트(Numeracy Project)'를 발족시켰다. '수리력(數理力)'이란 수를 이해하고 다룰 줄 아는 능력을 말한다. 수리력이라는 말에 1대 1로 대응하는 번역어가 독일어에 없다는 건 우리의 맹점이 무엇인지 말해준다. 뉴질랜드 교사에게 수리력 프로젝트란 아이들에게 공식과 방법만 가르치지 않고 그들의 수학적 사고방식을 면밀히 규명하는 것이었다. 이 프로젝트가 특히 흥미로운 이유는 뉴질랜드에서 교육 정책이 어떻게 만들어지는지 확실히 보여주기 때문이다. 우선 기본 계획을 세운 뒤 그것을 전국적으로 확대한다. 수리력 프로젝트를 달성하기 위해 교육부에서는 사전에 전국 단위로 양성한 조정관을 각 학교에 파견했다. 모든 수학 교사를 훈련하는 데는 수년의 기간이 필요했다. 그 동안 조정관들은 정기적으로 회의를 열어 서로의 경험에 대해 토론했다. 프로젝트 전체를 지속적으로 검토하고 비판하고 개선했으며, 교육부에서는 아이들이 보통 어떤 단계를 거쳐 수학을 이해하게 되는지를 기술한 책들을 펴낸 뒤 뉴질랜드의 모든 학교에 보급했다.

성공적인 교육 정책을 만드는 것이 무엇이냐는 질문에 클래런스 비비는 수년 전에 다음과 같이 말했다. "누구나 교육에 있어서는 새로운 계획을 가지고 있고, 누구나 시스템에 발자취를 남기고 싶어 합니다. 그러나 정치 상황에 따라 달라지는 3~4년짜리 계획은 한 나라를 아무 곳으로도 데려가지 못합니다. 모두가 한 세대 또는 그 이상의 세대를 위해 25년간 지속될 설득력 있는 지향점, 중요한 사상을 받아들인다면 얘기가 달라지겠지요." 바로 이 일을 뉴질랜드인들이 하고 있다. 데이비드 롱이 전 총리는 '내일의 학교'를 밀어붙이고 얼마 후 사임했지만, 그의 개혁은 지속되었다. 그의 후임 총리들이 개혁의 끈을 놓지 않았던 것이다. 수리력 프로젝트도 정치적인 분쟁에도 불구하고 살아남았다. 뉴질랜드에서 교육 정책은 끈기를 가지고 먼 앞날을 내다보고 달리는 마라톤과 같다. 뉴질랜드에서 어느 교장 선생님과 대화했을 때 그는 다음과 같은 말을 들려주었다. 나는 이 말을 독일에서도 좀 더 자주 듣고 싶다. "방법의 효용성은 늘 과학적으로 증명되어야 합니다. 교육에서는 절대로 유행을 따라가면 안 됩니다."

⑮
무릎을 살그머니
여덟 번 두드리기

1970년대에 오클랜드의 윈야드 가에 있는 작고 보잘것없는 건물은 낙담한 학부모들의 마지막 희망이었다. 읽기와 쓰기를 배우지 못한 아이들을 전문적으로 연구한 마리 클레이(Marie Clay)가 이곳에서 근무했다. 클레이는 학자였다. 그녀는 훌륭한 학자라면 누구나 해야 할 일을 했다. 그건 면밀한 관찰이었다. 조수가 아이들에게 연습을 시키는 동안 클레이는 어떤 방법이 효과적이고 어떤 방법이 그렇지 않은지, 무엇을 버리고 무엇을 계속 발전시켜야 할지를 기록했다. 특히 성공적이었던 방법은 그녀가 '이야기 나누기'라고 부른 연습이었다. 아이들이 2~3개의 문장으로 이야기를 쓰면 그 텍스트를 여러 부분으로 나눈다. 그러면 아이들은 나뉜 문장을 새로 조합한다. 윈야드 가의 건물에서 이런 실험과 실패와 개선의 시

171

간이 꼬박 1년 지나갔다. 마리 클레이는 1977년에 교사를 위한 지침을 담은 작은 안내서를 집필했다. 누군가는 그것을 유토피아라고 할 수 있을 정도였으며, 최소한 그녀의 아이디어는 대단히 이상적으로 보였다. 읽기가 서툰 아이는 누구든지 1년간 특별 연수를 받은 선생님으로부터 매일 30분간 개별 수업을 받는 것이었다. 클레이는 수업 시간마다 연습을 넣은 명확한 시간표를 짰다. 그 연습은 1년의 시간이 흐르는 동안 효과가 있다는 게 증명된 것이었다. 이런 식으로 6개월을 공부하면 아이는 일반 수업을 따라갈 수 있다고 클레이는 말했다. 다른 나라였다면 철저하게 비웃음을 샀을 방법이었다. "6개월간 날마다 달랑 아이 한 명을 데리고 연습하고 이를 위해 따로 교사를 양성한다고? 비용이 너무 많이 들잖아." 그렇게 볼 수도 있다. 한편으로는 유토피아적 이념을 좋아하고 다른 한편으로는 뚜렷하게 실용주의를 추구하는 뉴질랜드 사람들은 그런 노력이 결국 해볼 만한 것은 아닌지 시험해보기로 결정했다. 그에 따라 교육 당국은 마리 클레이에게 몇몇 학교에서 함께 프로그램을 진행할 교사 5명을 지원해주었다. 머잖아 아이들이 놀라운 발전을 보였고, 덕분에 프로그램은 확대되었다. 1979년에는 100명의 오클랜드 교사들이 클레이의 교수법을 연수했으며, 1988년까지 '읽기 능력 회복 (Reading Recovery)'이라는 이름의 프로그램이 뉴질랜드 전역에 보급되었다. 현재도 읽기에 취약한 학생은 마리 클레이가 개발한 집중 개인 지도의 도움을 받는다. 미국, 캐나다, 영국, 오스트레일리아에서도 읽기 능력 회복 프로그램을 이용하고 있다. 대학의 작은 부속 건물에서 미미하게 시작한 시범 사업이 이렇게 전 세계적인 수업 프로그램으로 발전했다. 독일과 달리 연구자와 학교 간에 지속적인 의견 교환이 이루어지는 뉴질랜드에서는 일반적으로 볼 수 있는 현상이다. 사실 뉴질랜드 연구자들은 자신을 일종의 학교 서비스 제공자로 이해하는 것 같다. 그들은 수업에서 무엇이 효과적이고 무엇이 그렇지 않은지, 무엇이 훌륭한 교사를 더 훌륭한 교사로 만드는지를 끊임없이 알아내려고 노력한다. 이 노력으로부터 '반복적인 최고 증거 종합(BES, Iterative Best Evidence Synthesis)'이라는 매력적인 결과가 나왔다. 이 메타 연구를 위해 뉴질랜드 학자들은 모든 중요한 교육학적 주제에 관한 국제적인 연구 환경을 면밀히 조사했다. 예컨대 이런 주제들이었다. "수학은 어떻게 해야 가장 효과적으로 가르칠까?" "교육 소외 계층의 아이들은 어떻게 해야 잘 배울 수 있을까?"

외국의 연구들을 철저히 조사하고 자신들도 연구를 수행했다. 이렇게 전 세계에서 나온 광범위한 자료를 바탕으로 마침내 수업에 필요한 권고안을 발표했다. 뉴질랜드의 학교마다 비치되어 있는 이 메타 연구서는 그 범위와 면밀함에 있어서 유일무이한 연구이며, 교사들에게는 가장 유용한 수업 자료이다.

수학 시간에 가장 효과적인 방법이 무엇인지는 이 뉴질랜드 학자들의 연구 덕분에 잘 알려져 있다. 내가 참관한 수업에서 모든 수학 교사들은 이른바 다수의 접근법이 있는 문제, 퀵픽

(Quick pic)과 토크 무브스(Talk moves)를 이용했다.

다수의 접근법이 있는 문제는 난이도가 완전히 다른 차원에서 수학적 대화를 가능하게 한다. 예를 들어 교사가 칠판에 2, 4, 8, 16을 적고 아이들에게 무슨 생각이라도 떠오를 때까지 기다린다. 교사가 정말 아무 행동도 하지 않으면 아이들은 각자 능력치에 따라 전혀 다른 것을 연상한다. 가령 구구표의 2단, 2의 거듭제곱, 1이 없는 지수 함수 등을 떠올릴 것이다. 또는 이것이 짝수들이라는 것만 알 수도 있다. 무슨 생각이 떠오르든, 아이들은 이 문제에서 저마다 수학적인 이해 체험을 하게 되고, 더불어 남들의 생각에 자극을 받아 사고를 계속하게 된다. 내가 참관했던 1학년 교실에서 이 수열을 이용해 수업한 선생님은 아이들이 짝수와 홀수의 구별에 몰두했지만 완전히 이해하지는 못했다는 것을 확인했다. 그래서 선생님은 아이들과 놀이를 한다. 선생님이 모든 가능한 수를 말하면 아이들은 짝수가 나올 때마다 폴짝 뛴다.

반면에 '퀵픽'은 아이들에게 아주 짧은 시간 보여주는 그림들이다. 예를 들어 1학년생들은 퀵픽에 그려진 점의 개수를 가능하면 빨리 식별하고 총 개수를 머릿속에서 더하는 연습을 한다. 여기에 5개의 점이 있고 저기에 또 5개의 점이 있으니 합하면 점이 10개가 된다. 고학년 아이들에게는 어떤 수를 같은 수로 곱하는 제곱의 개념을 계속 커지는 정사각형이 그려진 퀵픽을 통해 알기 쉽게 설명할 수 있다.

마지막으로 '토크 무브스'는 선생님을 포함해 모든 사람이 수학 시간에 지켜야 하는 대화 규칙을 말한다. 여기엔 한 아이가 말한 것을 반복해 말하기, 남의 말을 올바로 이해했음을 확실히 알기 위해 다른 말로 바꿔 표현하기, 아이에게 문제를 풀었던 방식을 설명해보라고 요청하기, 침묵하기가 있다. 침묵하기도 규칙이다. 침묵하고, 정적을 견디고, 시간을 주는 것이다. "연구에 따르면 교사들은 아이들이 아무 말도 하지 않으면 벌써 3초 후부터 불안해진다고 해요." 한 선생님이 내게 말했다. "제가 직접 경험해봐서 알아요. 하지만 무조건 더 기다려야 해요. 안 그러면 선생님은 너무 앞서나가게 되고 아이들은 사고할 줄 모르게 돼요." 이제 선생님은 무조건 8초가 지날 때까지 기다린다고 한다. 처음엔 충분히 오랫동안 기다리려고 자신의 무릎을 1초에 한 번씩 톡톡 두드렸다고 한다.

그렇다면 선생님들은 어디에서 이런 정확한 깨달음을 얻었을까?

뉴질랜드 사람들은 최신 연구 상황을 요약한 메타 연구서가 있고 그것이 학교마다 비치되어 있는 것에 만족하지 않는다. 그들은 교사들이 더 쉽게 훌륭한 교사가 될 수 있게 해주려 한다. 이를 위해 교육부에서는 수백 명의 조정관을 고용해 정기적으로 전국 각지의 학교로 파견한다. 교사들에게 모든 메타 연구의 결과를 더 자세히 이해시키기 위해서다. 학교마다 자유를 누리고는 있지만, 이렇게 하면 모든 학교를 초월하는 균일성이 발생하고, 오지에서 근무하는 교사들도 학생에게 스스로 생각할 충분한 시간을 주고 싶을 때는 가만히 자신의 무릎을 톡톡 두드리면 도움이 된다는 것을 알게 된다.

조정관 제도에서 특히 마음에 드는 것이 있다. 조정관은 상황이 심각해졌을 때 부르는 소방관이 아니다. 그들은 모든 교사들을 찾아간다. 심지어 훌륭하게 수업하는 교사들에게도 간다. 순수하게 사전 대비 차원이지만, 그렇게 하면 현재보다 더 나아질 수 있기 때문이다. 여기에서도 역시 통제된 자유가 지배한다. 학교 측에서는 조정관을 직접 선택할 수 있다. 하지만 그들의 업무에 대한 재정 지원을 국가로부터 받고 싶으면 교육부의 검증을 거친 조정관을 택해야 한다.

조정관이 어떤 일을 하는지는 내로 넥 학교의 수학 시간에 들어가보고 알았다. 루시 치즈먼(Lucie Cheeseman)이라는 조정관이 와 있다. 수학 과목을 담당하는 그녀는 해마다 북 오클랜드에 있는 30여 개 학교를 찾아간다. 오늘 수업에서는 2배의 수와 절반의 수를 배운다. 루시 치즈먼을 배정받은 두 남녀 선생님은 지난 며칠간 이 주제를 놀이로 시작했다. 놀이가 끝나면 아이들은 혼자 문제를 풀어야 한다.

"잠시 이 주제를 소개해드릴까요?" 여자 선생님이 조정관에게 묻는다.

루시 치즈먼이 고개를 끄덕인다.

"지난주에 농부 조가 자신의 농장에 80마리의 토끼가 있는 것을 알았어요. 친구가 말하길, 조에게 처음 토끼가 생긴 건 4년 전이라고 했어요. 그때부터 토끼 수가 매년 2배로 늘어났어요. 4년 전에 조에게는 몇 마리의 토끼가 있었을까요?"

루시 치즈먼이 끄덕인다. "퀵픽도 함께 사용하나요?"

여자 선생님이 거미가 그려진 그림을 쳐든다. 가장 윗줄에 거미가 1마리, 둘째 줄에 2마리, 그다음 줄에 4마리가 그려져 있다. 무의식에 있는 수학적 자아에 메시지가 전달된다. "여기에서 뭔가 두 배로 늘어나고 있어." 하지만 그 반대는 어떻게 될까?

"아이들이 모르면 그림을 100도 돌리는 방법도 있어요." 여자 선생님이 제안한다.

루시 치즈먼이 고개를 젓는다. "아니요, 스스로 생각하게 하세요. 힌트를 너무 많이 주면 안 돼요."

여자 선생님이 고개를 끄덕인다. "맞아요. 그런데도 종종 힌트를 너무 많이 줄 때가 있어요."

루시 치즈먼이 남자 선생님을 보고 말한다.

"선생님이 오늘 특별히 유의하신 점이 있나요?"

"아이들이 한 말을 좀 더 이해하기 쉽게 다른 말로 표현하려고 더 많이 노력해요. 아이들에게도 그렇게 하라고 말합니다. 하지만 제가 자주 잊어버려요."

루시 치즈먼이 웃는다. "네. 우선 익숙해져야 해요. 선생님이 잊을 때 제가 대신 해도 괜찮을까요?"

남자 선생님이 고개를 끄덕인다. 업무 동맹을 맺은 것이다. 나중에 루시 치즈먼은 이런 순간들이 자신이 하는 일의 토대라고 말했다. 이는 남에게 뭔가를 가르치는 일에 익숙한 사람들이 기꺼이 스스로도 배우고자 하는 환경을 만드는 것이다.

수업을 시작하기 전에 루시 치즈먼이 두 선생님과 모둠별 학습에 대해 이야기를 나눈다. 독일에서는 PISA 연구 결과에 충격을 받은 이후 아이들이 소규모 팀에서 공부하는 수업 방식을 신뢰하고 있다. 반면에 교사가 칠판 앞에 서서 하는 교사 중심의 수업은 교실에서 극복해야 하는 모든 것의 상징이 되었다. 뉴질랜드에서는 관점이 훨씬 세분화되어 있다. 이곳에서는 교사 중심의 수업을 독일처럼 금기시하지 않은 지 오래되었다. 교사들은 두 가지 수업 방식을 섞어서 가르친다. 물론 뉴질랜드의 모둠별 학습이 몇 명의 아이들을 책상에 앉혀놓고 하고 싶은 대로 하게 내버려두는 건 절대로 아니다. 그건 교사가 앞에 서서 쉬지 않고 얘기하는 방법만큼이나 효과가 없다.

그렇다면 모둠별 학습을 어떻게 계획해야 유익할까? 이 문제에 대해서는 끊임없이 새로운 이론이 나오고 있다. 과거엔 한동안 수학 시간에 실력에 따라 아이들의 모둠을 나누어 학습했다. 그렇게 하지 않으면 속도가 상대적으로 느린 학생들이 좌절한다고 생각했기 때문이다. 연구에 따르면 그 반대였다. 수학 시간에 실력이 다른 아이들을 한 모둠에 섞어놓으면 모든 학생에게 도움이 된다는 것이다. 일부 아이들은 아는 것을 설명하면서 자신의 지식을 심화시키고, 그렇지 않은 아이들은 어른보다 또래로부터 더 잘 배우기 때문에 새로운 것을 빨리 습득할 수 있다. 루시 치즈먼은 다음과 같이 표현했다. "집단에 불꽃을 일으킬 아이가 필요합니다."

이런 연구 결과를 교실로 가져오는 것이 루시 치즈먼 같은 조정관의 업무다. 뉴질랜드에서는 그렇지 않아도 업무가 많은 교사들에게 학계의 동향까지 훤히 꿰고 있다가 중요한 것과 그렇지 않은 것을 구별하기를 바라지는 않는 듯하다. 교사들은 중요한 지식을 루시 치즈먼 같은 조정관으로부터 얻는다.

오늘 루시 치즈먼은 모둠의 규모가 어느 정도여야 이상적인지를 이야기한다. 2인으로 구성하는 건 권하지 않는다. "그렇게 하면 너무 경직된 역할 패턴이 형성됩니다. 한 명은 적극적이고 나머지 한 명은 소극적 역할을 하게 되지요." 아홉 개 연구에 따르면 3인조 모둠이 최고의 성과를 냈다.

루시 치즈먼은 교사에게 이론적 정보를 제공하는 이 단계의 업무를 '프런트로딩(Frontloading)'이라고 했다. 곧 아이들이 교실에 들어오고 수업이 시작된다. 여자 선생님이 토끼 문제를 설명하고 남자 선생님은 학생들을 여러 모둠으로 나눈다. 모둠 구성은 무작위로 진행되는 것 같아도 두 선생님은 누구를 한 모둠에 넣어야 하는지 많은 고민을 했다.

아이들이 토끼 문제를 놓고 토론하는 동안 루시 치즈먼은 두 선생님과 같이 모둠 사이를 돌아다닌다. 그러다 한 남자아이가 조금 떨어져 앉아 창문 쪽을 바라보고 있는 것을 발견하고는 그 옆에 가서 앉는다. "나중에 네가 너희 모둠의 발표자가 되는 거야." 치즈먼이 아이에게 말한다. "너희가 생각한 내용을 네가 반 아이들에게 소개할 거야. 동의하지?" 남자아이가 깜짝 놀라 루시 치즈먼을 바라본다. 그리고 고개를 끄덕인다. 치즈먼이 다른 두 아이에게 말한다. "그리고 너희 둘은 신경 써서 발표자에게 필요한 모든 것을 알려주어야 해." 두 아이가 곧장 남자아이를 가운데로 끌어들인다.

내로 넥에서 나는 아이들이 모둠별로 공부할 때 선생님이 책상에 앉아 시험지를 채점하는 걸 본 적이 없다. 선생님은 수업 내내 있는 듯 없는 듯 교실을 지배한다. 선생님은 각 학생이 어떤 식으로 수업에 참여하는지('주도적으로' 또는 '매우 조용하게')를 기록한다. 다음번에 모둠을 다시 짤 때 이런 평가가 유용하기 때문이다. 그리고 각 모둠에서 발생하는 일을 조심스럽게, 거의 눈치채지 못하게 통제한다. 아이들이 뭔가를 배워야 하는데 아무렇게나 되는 대로 내버려두는 일은 절대로 없다. 한 아이가 끙끙거리며 머리를 책상에 찧자 루시 치즈먼과 선생님이 당장 달려간다. 선생님이 아이에게 말한다. "너희, 거의 다 풀었어. 진짜야, 곧 답이 나오겠네." 그러자 루시 치즈먼이 선생님에게 속삭이며 말한다. "잘하셨어요, 적절한 순간에 이런 말을 해주는 게 중요해요. 그러지 않으면 아이들이 좌절하게 되니까요." 과거에 수학

교사였던 루시 치즈먼은 어른도 때로 좌절할 수 있다는 것을 아주 잘 알고 있다. 그래서 그녀는 항상 두 선생님을 칭찬하고, 잘한 일에는 용기를 북돋아주고, 더 배워야 할 것은 자신의 행동으로 보여준다. 방금 두 선생님과 함께 어느 모둠으로 다가갔을 때도 그랬다. 매우 자신만만해하는 한 남자아이가 나머지 두 아이에게 무슨 계산 방법을 빛의 속도로 설명했다.

"무슨 뜻인지 이해했니? 너 자신의 언어로 말해볼 수 있겠니?" 남자아이의 설명이 끝났을 때 루시 치즈먼이 그 모둠의 여자아이에게 묻는다.

남자 선생님이 눈에 띄지 않게 고개를 끄덕인다. 그 자신이 자주 잊어버리는 '바꿔 말하기'다. 그걸 어떻게 의미 있게 활용하는지를 방금 루시 치즈먼이 보여주었다.

20분 뒤 아이들이 다시 크게 원을 그리며 모여 앉는다. "이제 중요한 걸 할 차례예요." 루시 치즈먼이 말한다. "여러분의 친구가 자기 모둠에서 생각한 것을 발표할 때 잘 들으세요." 모둠 발표자로 뽑힌 아이들이 차례로 앞으로 나와 그간 생각한 것을 설명하고 칠판에 그린다. 생각이 일치한 부분을 보여주기 위해 루시 치즈먼은 서로 다른 전략들 사이에 화살표를 그려 넣고 중요한 개념을 설명한다.

자신과 모둠원이 어떻게 문제를 풀었는지 설명하려고 텍스트를 거의 통으로 적은 한 남자아이가 조금 창피해한다. 대다수 아이들은 등식을 적었다. 아이는 당연히 그게 훨씬 수학적이라고 생각한 것이다. 루시 치즈먼은 고개를 힘껏 젓는다. "아니에요. 수학은 생각하기예요. 생각한 것을 우리에게 설명하려고 언어를 사용한 것은 훌륭한 방법이에요." 조금 후 치즈먼은 일부러 실수를 저지르고 그걸 그 남자아이에게 고치게 한다. "고쳐줘서 고마워요."

루시 치즈먼은 끊임없이 수학의 눈과 수학의 귀에 대해 이야기한다. 아이들 누구나 가지고 있는 것이니 꼭 사용해야 한다고 말한다. 얼굴을 찌푸리며 칠판을 쳐다보는 한 남자아이가 눈에 띈다. 아이는 자신이 바보이거나 이해력이 모자란다고 느낄 필요가 없다. 혹시 지금은 잠시 수학적으로 사고하는 능력이 없는 것처럼 보일지라도 아이들마다 그 능력을 가지고 있다고 자신감을 갖게 하는 어휘를 루시 치즈먼이 일부러 골라 쓰기 때문이다. 그 능력은 이따금 잊어버리고 쓰지 않는 안경과 같다고 했다. 루시 치즈먼이 자주 쓰는 말이 또 있다. "다른 사람의 사고를 이용하세요."

마지막으로 치즈먼은 수업 시작 때 나왔던 거미 그림을 높이 들고 천천히 180도 돌린다. 절반으로 나누기와 2배로 곱하기가 반대 과정이라는 깨달음이 수업 도중 무의식에서 나와 머릿속으로 들어간 것처럼 아이들이 고개를 끄덕인다.

수업이 끝난 뒤 루시 치즈먼은 두 선생님과 사후 상담에 들어간다. 그녀는 선생님들에게 몇 가지를 권한다. 예를 들면 퀵픽이다. "수학은 시각적인 과목이에요. 그러니까 이 그림들은 말할 수 없이 중요해요." 수업 때 조용한 아이들 문제도 있다. "우리는 동 승만 하는 승객이 모둠에 있는 걸 바라지 않아요. 그러니까 조용한 아이를 모둠의 발표자로 만드세요. 단 그 아이가 수치심을 느끼지 않도록 미리 말해주세요." 여자 선생님도 알고 싶은 게 있다. 어느 모둠이 도무지 해결 방법을 찾지 못하면 어떻게 할까요? 루시 치즈먼이 대답한다. "그런 경우엔 그 아이들을 첫 순서로 발표하게 해서 그들의 해결 과정을 어떻게 더 발전시켜나갈 수 있는지를 보여주세요. 그 아이들을 첫 순서로 발표하게 하는 게 중요해요. 안 그러면 그 아이들의 기를 꺾게 돼요." 마지막 권고 사항으로 치즈먼은 아이들의 독자적인 문제 해결 시한을 반드시 이틀로 정하라고 한다. 이번 주에 계획했던 하루로는 충분하지 않다는 것이다.

나는 이의 제기를 예상했다. 선생님들이 분명히 반대하고 자신의 방법을 정당화하고, 왜 이번에 시한을 짧게 잡았는지 적어도 그 이유를 설명할 것이라 생각했다. 속으로는 상대방 말에 동의하면서도 바보처럼 보이지 않으려고 자신의 결정을 변호하려는 욕심이 생기지 않는가? 자신의 잘못을 깨닫고도 체면을 구길까 두려워 가끔 자신이 옳다고 우기지 않는가?

그러나 그런 반응은 나오지 않았다. "좋은 생각입니다." 여자 선생님이 상냥하게 말한다. 남자 선생님도 고개를 끄덕인다. "저도 그렇게 생각해요."

그 놀라웠던 오전에 나를 가장 놀라게 만들었던 순간이었다.

뉴질랜드 사람들이 상대방으로부터 기꺼이 배우려는 자세는 어디에서 나오는 걸까? 자신을 늘 방어해야 한다고만 생각하지 않는 태도는 어디에서 기인할까? 저신다 아던 뉴질랜드 총리가 정부의 예산안을 설명하려고 병원을 방문했던 그 가을날, 그녀는 안내를 받아 몇 군데 병동을 돌았다. 한 약사가 총리에게 새 조제 기계를 소개했다. 총리는 약사의 말을 경청하고 질문하더니 곰곰 생각하는 표정으로 그를 바라보며 물었다. "혹시 제 동서가 이야기했던 그 약사 선생님 아니신가요?"

일곱 단계만 거치면 이 세계의 모든 이가 서로 아는 사이가 된다는 건 경험칙이다. 인구가 480만 명인 뉴질랜드 같은 나라에서는 아마 세 단계로도 충분할 것이다. 그래서 독일이라면 예외적인 상황에서나 생길 법한 소속감이 이 나라를 지배한다. 예를 들자면 밤에 기차가 끊어져 전화 통화도 되지 않는 어두운 외딴 역에서 모르는 사람 몇 명과 오도 가도 못하게 됐을 때가 그렇다. 이럴 때 우리는 똘똘 뭉치고, 먹을 것을 나누고, 이야기를 나눈다. 뉴질랜드에서는 이런 '외딴 곳에서 함께하는 순간'이 일상이다. "우리는 나머지 세계에서 멀리 떨어진 채 넓은 땅에 사는 적은 수의 사람들이야. 그래서 우리는 서로 만나면 즐거워해." 뉴질랜드 친구가 내게 들려준 말이다.

뉴질랜드에서는 특히 교육 정책과 관련하여 서로 상대방으로부터 배우는 오랜 전통이 있다. 학교 상담관은 30년 전에도 있었다. 어려운 일이 생기면 교사들은 상담관을 부를 수 있었다. 대부분 평균 1년에 2번 불렀다. 그 밖에도 모든 지역에 장학관이 배정되어 정기적으로 수업을 참관하고 보고서를 작성했다. 교사 두 명이 서로 협조할 수 있겠다는 인상을 받으면 장학관은 두 사람을 연결하고 상호 수업 참관을 주선했다. 이렇게 보면 교사와 학부모와 학생 들이 나의 수업 참관을 지극히 당연하게 여긴 것도 이해가 간다. 그들은 학교가 닫힌 시스템이 아니라는 것에 익숙한 것이다. 가끔 나 말고 다른 방문객이 더 많이 올 때도 있다. 내가 가본 어느 학교에서는 교장 선생님도 수업에 잠시 들렀다. 학생들에게 낯선 사람이 되지 않으려고 그는 매일 교실을 돌며 잠깐 들어가 앉아 수업을 함께 듣고, 이야기도 조금 나누고, 다시 돌아간다. 이 얼마나 독일과 다른가. 독일에서는 대부분 수습 교사 때만 제2의 교사를 교실에 배정받는다. 배정된 교사는 수습 교사가 하는 모든 것을 평가한다. 그러니 독일 교사들이 외로운 전사가 되는 게 과연 이상할까?

16
독일의 허울뿐인 논쟁

2005년 베를린 전역에 복식 학급이 도입되었다. 이제부터 1~3학년 학생들은 함께 수업을 들어야 했다. 학교와 학부모는 달가워하지 않았다. 논란과 저항이 있었으나 결국 90%의 학교가 큰 고심 끝에 이 정책을 따랐다. 그러다 2010년에 이 강제 정책은 다시 폐지되었다.

2011년 니더작센 주에서 12년간의 초중등 과정을 마친 첫 학생 세대가 대학입학 자격시험인 아비투어를 치렀다. 학제 개편은 교사와 아이들에게 많은 스트레스를 안겼다. 4년 뒤 니더작센 교육부는 터보 아비투어*를 포기한다고 발표했다. 이제부터 초중등 과정은 다시 전처럼 13년이 되었다.

*

이건 독일 교육공화국*에서 나온 두 가지 작은 사례에 불과하지만 이곳의 근본적인 문제점을 보여준다. 중요한 결정을 내리는 데 준비가 불충분하고, 학문적 성과가 정책의 토대로 이용되는 경우가 드물며, 대대적인 개혁을 앞두고 효용성 연구와 평가조차 하지 않는다. 이는 베를린 훔볼트 대학 교수이며 독일 학교아카데미 원장인 한스 아난트 판트(Hans Anand Pant)도 확인해준 사실이다. "안타깝게도 독일에서는 데이터 기반 지식과 연구 기반 지식을 일선 학교에서 거의 활용하지 않아요." 이로 인해 정책이 우왕좌왕하면서 교사에게는 부담을 지우고 학생들에게는 피해를 입힌다. 더욱이 정치적인 동기에서 개혁을 추진하는 경우가 많고 자기 당의 차별화에 이용하기 때문에 결국 다수당이 바뀌는 순간 오락가락 정책이 되어버린다. "독일에서는 때때로 학교 개혁을 빠르게 밀어붙이죠." 카셀 대학의 학교 전문가인 프랑크 리포스키(Frank Lipowsky) 교수가 내게 말했다. "하지만 어떤 조건에서 개혁이 성공할 수 있고 개혁이 얼마나 의미가

- 터보 아비투어(Turbo-Abitur): 2010여년 경부터 2015년까지 독일의 거의 모든 주에서 실시했던 교육 개혁. 전통적으로 13년의 초중등 과정을 마치고 대학입학 자격시험인 아비투어를 치렀으나 이를 12년으로 축소했다. 국제 학업성취도평가(PISA)에서 실망스런 결과를 받아든 뒤 12학년제로 개편한 것이지만 많은 반발에 부딪혀 다시 과거의 13학년제로 돌아간 곳이 많다.
- 독일 교육공화국(Bildungsrepublik Deutschland): 2008년 독일 총리 앙겔라 메르켈이 출신과 빈부 격차에 관계없이 모든 아동에게 동등한 교육의 기회를 제공해야 한다고 강조하며 독일이 나아갈 방향으로 제시한 개념.

있는지 사전에 별로 검토하지 않아요."

지속 가능성, 우리 현대 생활의 많은 분야에서 핵심어로 자리 잡은 이 용어가 독일의 교육 정책에는 없다. 그러니 어떻게 장기적인 정책이 나오겠는가? 교육이 나아갈 방향을 제시하는 일은 상설 교육부장관회의에서 담당한다. 그런데 안타깝게도 장관이나 기타 참여 위원들이 너무 자주 바뀐다. 과거에는 자리에 앉은 지 2년도 안 돼 내려온 장관들이 꽤 있었다. PISA 연구 결과가 나온 뒤부터 독일의 교육 시스템은 심각한 신경과민에 빠졌다. 뭔가를 바꿔야 한다는 것은 안다. 그런데 그게 무엇일까? 이왕이면 안전하게 모든 걸 다 바꿔야 할까? 늘 그렇듯이 독일에서는 극단으로 흐르는 경향이 있다. 권위주의적인 수업이 지배했던 수십 년이 흐른 뒤 이제는 정반대 모델에서 구원을 찾고 있다. 아이들에게 결정권을 주어야 한다는 것이다. 진보적이라고 알려진 많은 학교에서 열린 수업을 강조하고, 아이가 자기만의 속도대로 공부하게 하고, 학습 주제도 직접 고르게 한다. "우리가 겪고 있는 것은 개별화 학습에 대한 일종의 피상적인 열광이에요." 프랑크 리포스키 교수가 말한다. 여기에 교사라는 직업의 의미 변화가 뒤따른다. 이제 교사는 수업의 동반자일 뿐 더는 기획자가 아니다. 전통적인 학교에서도 개혁의 열망이 지배하면서 학부모들 사이에서 눈에 띄게 불안감이 일어났다. 나의 베를린 지인들은 여전히 복식 학급의 추종자와 반대자로 나뉘어 있다. 저학년 아이들이 받는 성적표에 점수를 적어야 하느냐 말아야 하느냐를 놓고도 학부모들 사이에서 자주 격론이 벌어진다. "현실을 모른다"와 "욕심이 지나치다"라는 것이 서로 상대편에게 가하는 비난이다. 반면에 모든 학부모가 곧바로 의견의 일치를 보는 유일한 주제는 작은 학급이다. 이건 무조건 필요하다.

큰딸이 학교에 들어간 뒤부터 내가 보고 들은 모든 논의에서 한 가지 눈에 띄는 게 있었다. 그건 사실에 근거한 논증의 부재였다. 그 대신 느낌만으로 진실이라 우기는 주장, 입증되지 않은 증거, 수많은 개인 의견이 난무했다. 이런 상황에서 교육학자 존 해티의 책을 발견했을 때 나는 기뻤다. 해티는 아마 모든 시대를 통틀어 학교라는 주제에 대해 가장 광범위한 연구서를 펴낸 사람일 것이다. 815개 이상의 메타 분석, 5만 개의 개별 연구, 2억 5,000만 명의 학생들을 대상으로 연구한 이 책의 핵심 주제는 이것이다. 무엇이 훌륭한 수업을 만드는가?

존 해티는 필요한 모든 자료를 수집하고 평가하기까지 20년이 넘는 세월이 흘렀다고 내게 말했다. 그는 훌륭한 수업에 영향을 미치는 138개의 잠재 요소들을 찾아냈다. 이 연구자가 어디 출신인지는 굳이 말하지 않아도 독자는 알 것이다. 그렇다. 뉴질랜드 사람이다. 그곳에 살지 않은 지 오래됐지만 그는 뉴질랜드 특유의 이상주의적인 실용 정신을 가지고 있다. 사실 교실에서 효과적인 방법이 무엇인지에 대해서는 많은 지식이 있지만, 그걸 우리가 거의 사용하지 않는다고 해티는 책에 적었다. "수업에 효과적인 요소들을 연속으로 배열해 단 하나의 기준을 만들고, 영향력을 발휘할 만한 모든 요소들을 그 연속체에 배치할 수 있다면 훌륭하지 않을까?"

물론 훌륭하다. 그와 동시에 혼란스럽다. 존 해티는 우리가 대단히 중요하게 여기는 모든 요소를 조사한 뒤 우리가 시간을 낭비하고 있다고 확언했다. "이 책을 쓰려고 연구하다가 발견한 것 중 가장 흥미로운 것의 하나는 (……) 가장 치열하게 논의된 문제들의 상당수가 가장 효과가 적은 요소들이라는 겁니다." 예를 들어 숙제의 중요도는 138개의 영향력 요소들 중 겨우 88위에 올랐고, 학급 규모는 106위, 학습 주제를 아이들이 직접 선택하느냐 마느냐와 교사의 수업 방식이 현대적이냐 전통적이냐의 문제는 각각 132위와 133위를 차지했다.

대안적 접근법의 옹호자들과 전통적 교수법의 지지자들 간의 열띤 논쟁은 결국 승자가 없는 허울뿐인 논쟁이다. 해티가 알아낸 바에 따르면, 아이들이 자기 주도적으로 공부하는 방법을 사전에 정확히 배우고 교사가 공부하는 과정에 성실하게 동행한다면 열린 수업이 효과적일 수 있다. 그러나 교사가 자신의 말을 학생들이 정말 알아듣는지 여부를 확인한다면 교사 중심의 수업도 효과 만점일 수 있다.

학습이 성공적이려면 무엇이 중요할까? 답은 간단하다. "중요한 건 개별 교사들이에요." 존 해티가 내게 말한다. 진부하게 들린다. 그러나 학부모에게 너무 많은 짐을 지우고 모범 학교에서 교사의 영향력에 큰 기대를 걸지 않는 시대에는 과격한 발언이다. 독일에서는 교사들조차 자신의 중요성을 믿지 않는다. 알렌스바흐 연구소의 여론 조사에 따르면 겨우 8%의 교사들만이 학생들의 발전에 자신이 '매우 큰 의미'가 있다고 생각했다. 교육 당국도 교사가 어떤 중요한 역할을 하는지 잘 모르는 것 같다. "모든 연방 주에 의무적인 연수 과정이 있지만 교사들이 정말 그것을 이행하는지는 거의 확인하지 않아요." 다년간 이 문제를 연구한 페터 다슈너 전 함부르크 주 장학관이 내게 말한다. 몇 년 전에 나온 연구에 따르면 독일에서는 교사 5명 중 1명이 아예 연수를 받지 않았음이 밝혀졌다. 이에 반해 뉴질랜드 교사들은 3년마다 교사 자격증을 갱신해야 하는데, 교직 연수 과정에 참가했다는 것을 증명해야 갱신이 가능하다.

해티의 연구에 따르면 훌륭한 교사는 진행자나 중재자가 아니다. 오히려 그와는 반대로 수업을 확실하게 구축하고 조종하는 강력한 인물이다. 하지만 두 가지 점에서 과거의 정형화된 주입식 교사와 구별된다. 첫째로 훌륭한 교사는 학생들에게 수업 목표를 알려주고, 둘째로 늘 자신의 행동을 학생들의 눈으로 관찰하려고 노력한다.

그런데 직업마다 어려운 점이 있다. 의사는 환자를 도울 수 없을 때 힘들어하고, 교사는 스스로 학습자가 되는 것을 어려워한다. 이미 30년도 훨씬 전에 이 문제를 고민한 남성이 있다. 뉴질랜드 교육 시스템에 그 누구도 끼치지 못한 영향을 끼친 사람이다. "나는 1909년에 초등학교에 들어갔다. 그 이후로 늘 학교와 인연을 맺고 살았다." 클래런스 비비의 말이다. "그 긴 세월 동안 나는 (……) 큰 변화를 목격했다. 인내심이 없는 젊은 개혁가로서 내가 처음 배운 것이 있다. 교육에서 진정한 변화는 느리게, 때론 미쳐버릴 정도로 느리게 진행된다는 것이었다. 사회는 끊임없이 변화한다. 그러므로 사회에 이바지해야 하는 학교는 이론적으로는 사회와 똑같이 빠르게 변화해야 한다. 그게 처음엔 간단해 보인다. 그저 새로운 교육 과정에 (……) 합의하고 법령을 제정하면 그만인 것 같다. 더 나은 학교 건물을 짓고, 새 기자재를 구입하고, 새 워크북(work book)을 펴내고, 교사들에게 그걸로 수업하는 방법을 보여주는 것이다. (……) 그러나 더 깊이 들어가 교육의 목표를 바꾸려면 (……) 최소한 한 세대의 세월이 요구되는 일거리가 앞에 놓인다. 그건 말하자면 새로운 사고방식을 불러내는 것이다. (……) 모든 교사가 변화를 이해하고 변화를 신뢰하고 변화를 자신의 이상으로 받아들이지 않으면 근본적인 교육 개혁은 불가능하다. 우리가 이 사실을 깨닫기까지는 오랜 시간이 걸렸다. 이 밖에도 교사 집단은 놀라운 방어 능력을 가지고 있다. 과거와 똑같은 것을 답습하면서 다만 거기에 그럴듯한 새 이름을 붙인다."

입으로는 개방을 말하지만 태도에는 변화가 없다. 이걸 어떻게 타파할 것인가? 새로운 걸 시도하게 만드는 인센티브는 무엇일까? 변화는 무엇을 통해 성공할까? 경영 서적에 나오는 문구 같다. 뉴질랜드에서는 이런 질문을 교사라는 직업과 관련해 던졌다. 교사는 어떻게 훌륭한 교사가 되는가? 이걸 알아내기 위해 뉴질랜드 학자들은 다시 전 세계의 연구들을 정리했다. 그리고 무엇보다 학교 바깥에서 열리는 일회성 회의들은 고비용만 발생시키고 쓸모가 없다는 걸 확인했다. 한 선생님의 말을 들어보자. "행사에 참가해 꼼꼼히 기록하고 큰 감명을 받아요. 그러나 이틀 후에는 모든 게 벌써 기억나지 않고 결국엔 완전히 잊어버려요." 학교마다 특성이 너무 달라서 정형화된 연수는 효과가 없다. 직접 교육 현장에서 학교의 요구에 맞춰 이루어지는 훈련이 훨씬 낫다. 특히 교사들이 전문가가 특정한 문제를 어떻게 풀어나가는지 보고 배우며 진행하는 수업이 유익한 것으로 드러났다.

독일에서는 여전히 인정하지 않는 것들이다. "교사 연수가 수업의 현실과 동떨어진 경우가 많아요." 교육학자 한스 아난트 판트가 말한다. 대부분 준비 단계에서 교사들이 무엇을 필요로 하는지 분석하지 않는다고 한다. 학교 전문가 프랑크 리포스키는 다음과 같이 말한다. "교사들이 수업 후 참석하는 3시간짜리 외부 행사가 독일에서는 아직도 가장 보편적인 연수 유형입니다." 이로써 독일 교사들은 학술 연구에서 무의미하다고 지적한 바로 그것을 하는 셈이다. 위에서 언급한 두 학자는 연수 담당자들이 직접 학교로 찾아와 전문적으로 교사들과 장기간 연구하는 뉴질랜드식(式) 시스템을 선호할 것이다.

루시 치즈먼이 그 대표적인 예다. 치즈먼은 내로 넥의 학교를 이미 세 번 방문했다. 첫 방문 때는 교사들에게 수업 계획에 대해 조언했고, 두 번째 방문에서는 시범 수업을 하면서 자신의 수업을 교사들이 참관하게 했으며, 세 번째 방문 때는 교사들의 수업 시간에 들어가 도움을 주었다. 차기 방문 일정은 이미 잡혀 있다.

내가 경험한 외부 전문가의 지원 사례는 또 있다. 어느 날 오후 한 남자가 내로 넥 학교의 4~6학년생들 앞에 서 있었다. 그는 겉모습이 이곳 교사들과 사뭇 달랐다. 플립플롭도 신지 않았고 짧은 바지도 입지 않았다. 대신 파란색 셔츠와 반짝반짝 윤이 나는 검정 구두를 신었다. 그는 커다란 빈 종이를 칠판에 붙이고 저음의 목소리로 말하기 시작했다.

"얼마 전 내가 손녀와 바닷가에 갔어요. 손녀는 두 살이에요. 해변을 따라 걷는데 손녀가 갑자기 내게 이렇게 명령하는 거예요. '뛰어!' 나는 깜짝 놀라서 폴짝 뛰었어요. 그런 일이 몇 번 반복되었어요. 손녀가 '뛰어!' 하고 외치면 나는 폴짝 뛰었죠. 그러다 내가 손녀에게 몸을 숙이고 물었어요. '대체 어디 위를 뛰라는 거니?' 손녀가 어리둥절한 표정으로 나를 쳐다보았어요.

'곳곳마다 모래에서 곰들이 잠자고 있는데, 보이지 않으세요?'"

아이들이 웃는다. 남자는 아이들에게 웃을 시간을 준다. 그는 이야기하는 방법을 안다. 핵심을 말하는 법을 알고 어디에서 쉬어야 하는지도 안다. 오늘 여기에 온 이유도 그 때문이다. 마이클 어윈(Michael Irwin)은 작가이며 대학 강사다. 자문 위원회 소속 학부모들이 남학생들은 작문을 하면서 글을 이어나가지 못한다고 생각해서 학교에서 그를 초청한 것이다. 어윈은 '테 화레 라마(Te Whare Rama)', 마오리어로 '등대'라는 이름의 프로젝트를 기획했다. 남학생에게 특화된 프로그램이다. "여학생들을 위해서는 아주 많은 일을 했어요. 그 와중에 남학생들을 잊고 있었죠. 이젠 남학생들을 중점적으로 지원해야 합니다. 아이들이 글쓰기를 시작할 수 있게 해야 해요. 그러려면 이야기를 들려주고 싶다는 욕구가 아이 마음속에서 일어나게 해야 합니다."

내로 넥 학교의 학생들 앞에서 마이클 어윈이 이야기를 계속한다. "나는 이야기를 할 줄 모르는 학생을 아직 만나본 적이 없어요. 여러분은 모두 상상력을 가지고 있고, 환상을 가지고 있고, 뭔가를 생각해낼 줄 알아요. 여러분은 지금 여기에 앉아 다음과 같이 생각해요. '내가 지금 해변에 있다면 바다로 뛰어들고, 화산섬으로 헤엄쳐 가고, 내 보트에 올라타고,…….'"

바다. 화산섬. 보트. 바닷가에서 성장해 날마다 오후가 되면 발가락 사이에서 모래를 느끼는 아이들에겐 방아쇠 역할을 하는 낱말들이다. 아이들 몇 명이 귓속말을 나누기 시작한다. 마이클 어윈의 표정이 만족스럽지 못하다.

"잘 들어보세요. 다른 곳에 있고 싶은 소망, 그것이 상상력이에요." 어윈은 잠시 멈춘다. "나는 삶을 개선하는 두 가지 방법이 있다고 믿어요. 상상력을 갖거나 이야기를 들려주거나." 어윈이 아이들을 바라본다. "여러분이 초능력을 하나 가질 수 있다면 어떤 것을 고르겠어요? 자신의 모습이 안 보이게 하고 싶나요?"

어윈이 다시 멈춘다. 아이들이 웅성대며 큰 소리로 말하기 시작한다. "저라면⋯⋯." 한 아이가 말하자 다른 아이가 "와, 굉장하다!"라고 소리친다. 아무도 어윈에게 주목하지 않는다. 통제력을 상실한 것처럼 보이지만 그는 미소를 지으며 학생들이 말하고 싶은 대로 놔둔다. 몇 분 뒤 그는 손뼉을 길게, 짧게, 짧게, 길게, 길게 치고 목소리를 높여 말한다. "여러분이 방금 무엇을 했는지 알아요? 여러분은 이야기를 들려주기 시작한 거예요. 여러분의 초능력 이야기를요." 그는 수업을 시작할 때 칠판에 붙였던 하얀 종이를 가리킨다. "이야기를 시작하는 건 아주 간단해요. 예를 들어볼게요." 그는 종이에 선 몇 개로 문을 그린다. "여러분이 어디론가 오래도록 걷고 있는데 갑자기 이런 문이 있고 거기에 '출입 금지'라고 적혀 있어요. 여러분은 어떻게 하겠어요?"

학생들이 다시 큰 소리로 떠들기 시작하자 어윈이 손을 든다. "여러분은 이 이야기를 적어나갈 수 있어요."

마이클 어윈은 내로 넥 학교를 앞으로 몇 번 더 방문할 것이다. 내 딸의 담임 선생님이 반 아이들을 위해 준비한 보물 트렁크도 어윈의 아이디어였다. 어윈처럼 빛나는 아이디어를 가진 사람이 있다는 것은 행운이다. 그러나 참된 축복은 그의 아이디어를 열광적으로 받아들인 선생님들이다.

17
학생과 교사를 위한
해피엔드

윌리엄 셰익스피어의 희곡에서 사랑하는 연인들은 무척이나 복잡한 과정을 거쳐 서로 만나고 가까워진다. 오해는 다반사이고 남에게 속는가 하면 연인을 혼동하는 터무니없는 일도 벌어진다. 뉴질랜드 학자들은 교사와 학생의 관계도 이와 아주 비슷하다는 걸 발견했다. 사랑하는 연인 사이처럼 교사와 학생의 관계에서도 무언의 기대가 지배하지만 그게 엉뚱하고 빗나간 경우가 많다. 교사도 학생도 상대방이 진짜로 바라는 게 무엇인지는 의외로 잘 알지 못한다.

성공적인 학습의 전제 조건은 자기 조절이다. 자신이 어떤 공부를 왜 하는지, 그것을 어떻게 평가하는지, 경우에 따라서는 어떻게 개선할 수 있는지를 학생이 알기 위해서는 솔직하고 책임감 있게 수업하는 교사가 필요하다. 바로 이 점이 부족한 교사가 꽤 많다. 메타 연구를 위해 뉴질랜드 학자들은 이야기를 재구성해 쓰는 방법을 교사가 학생들에게 어떻게 가르치는지 조사했다. 그 결과 모든 교사가 수업을 꼼꼼하게 준비하고 심혈을 기울여 아이들에게 글쓰기를 가르치지만, 아쉽게도 가장 중요한 것을 놓친다는 걸 확인했다. 그건 우리가 여기에서 과연 무엇을 하고 있고 왜 하고 있는지에 대한 답을 아이들에게 주지 않은 것이었다.

어느 사람이 자신이 겪은 이야기를 들려줄 때는 친밀감을 조성하기 위해서다. 자신이 체험한 것을 상대방이 공감해주기를 바라는 것이다. 일어난 일을 가능한 한 생생하고 자세하게 묘사하면 그는 잠시 인간 존재의 외로움에서 벗어날 수 있다. 이보다 더 큰 만족감은 없을지도 모른다. 그러나 연구에 나오는 아이들은 이런 것에 대해서는 알지 못했다. 아이들은 글자 다음에 다른 글자를 쓰고, 낱말 다음에 다른 낱말을 넣는 식으로 그저 기술적으로 무엇을 해야 하는지만 알고 있었다. 하나의 텍스트가 어떻게 이야기를 재구성해 쓴 글이 되는지, 그런 글을 쓰는 것이 왜 가치가 있는지에 대해 교사는 아이들과 대화하지 않았다. 판단이 서지 않는 상황에서 사람들은 무엇을 할까? 가설을 세운다. 그 가설은 검증도 받지 않은 채 한동안 행동의 기준으로 이용된다. 메타 연구에 등장한 아이들은 텍스트의 표면적인 특징들이 중요하다고 생각했다. 교사가 주로 글쓰기의 외적인 면의 설명에 많은 시간을 할애한 탓에, 아이들이 글쓰기가 내면의 만족감까지 줄 수 있다는 생각을 하지 못했기 때문일 수 있다. 아이들은 주로 깔끔하게 글을 쓰고 맞춤법을 틀리지 않는 데만 신경을 썼다. 교사가 수업 중에 교실을 돌아다니는 것도 도움이 되지 않았다. 교사의 칭찬도 너무 일반적이고 막연해서 명확하게 이해하기가 어려웠다.

그러나 모든 러브 스토리가 그렇듯이 여기에서도 해피엔드가 가능하다. 교사들은 학생들이 과제의 의미와 목적이 무엇인지 몰라 골치를 썩인다는 걸 알자 수업 방식을 바꾸고자 했다. 이는 대부분의 교사가 선의를 가지고 수업에 임한다는 것, 그리고 훌륭한 수업을 하기 위해 이따금 도움이 필요하다는 것을 보여준다. 특히 교사가 학생들로부터 수업이 어땠는지에 대해 피드백을 받으면 훨씬 좋은 결과가 나온다. 다르게 표현해보자. 자신이 가르치는 학생들이 어떻게 학교생활을 하는지 아는 교사가 훌륭한 교사다. "수업을 하는 사람은 자신이 미치는 영향에 대해 늘 의식하고 있어야 합니다." 존 해티가 말한다.

메타 연구에 나오는 교사들이 학생들에게 수업의 목표를 일부러 말해주지 않은 것은 아니었다. 그러나 그들은 너무나 오랜 세월을 지식이라는 비밀스런 성배의 수호자 노릇을 해왔기 때문에 일단 아이들의 관점에서 수업을 바라보는 것에 익숙해져야 했다. 이런 이유에서 뉴질랜드 학교에는 끊임없이 순환하는 피드백 시스템이 설치되어 있다. 존 해티는 이것이 수업을 개선하기 위한 가장 효과적인 장치라는 것을 확인했다.

예를 들어 내가 참관했던 4학년 교실에서 아이들은 '나는 작가'라는 제목의 설문지에 답한다. 선생님은 그것을 주의 깊게 읽는다. 한 남학생은 "글을 쓸 때 시간이 많았으면 좋겠다."라고 적었다. 아이가 가끔 시간에 쫓기는 기분이 들었을까? 담임 선생님 입장에서는 이걸 아는 게 중요하다. 6학년생들은 지구과학 수업이 끝난 뒤 다음과 같은 질문에 대답한다. "오늘 수업을 요약할 수 있나요? 오늘 배운 것을 직접 가르칠 수 있나요? 무엇이 이해가 되지 않았나요? 수업에서 어떤 것들이 연상되었나요?" 2학년 교실에서는 모든 아이가 빈곳을 채워서 문장 세 개를 완성한다. "나는 _____할 때 기분이 좋다. 부모님은 내가 _____을/를 하면 좋아하신다. 우리 선생님은 내가 _____을/를 하면 좋아하신다." 또 다른 교실에서는 선생님이 학생들에게 '우리 선생님이 학생인 나에 대해 알아야 할 것'에 대해 글을 써보라고 한다. 각양각색에 뜻밖의 답변들이 나왔다. "나는 글을 단정하게 쓸줄 모른다." "나는 소음이 나면 집중할 수 없다." "나는 혼자 공부할 때가 가장 좋다." "나는 칠판을 오래 쳐다볼 수가 없다." 그리고 다음과 같은 대답도 있다. "내가 우리 선생님을 좋아하는 걸 선생님이 알면 좋겠다."

독일에서 교육 논쟁이 벌어질 때는 "풀을 잡아당긴다고 빨리 자라지 않는다."라는 경구, 그리고 우정 노트에 자주 등장하는 앙투안 드 생텍쥐페리의 문장 "마음으로 보아야만 잘 보여."가 자주 회자된다. 반면에 뉴질랜드 교사들은 학생들에게 아주 많은 것을 요구한다. '너무 심하네.' 처음에 나는 이렇게 생각했다. 그러나 학생들이 쾌활하고 자신감이 넘치는 것을 보고는 생각이 달라졌다. '아이들에게 그렇게 많은 기대를 건다는 게 대단해.'

뉴질랜드의 메타 연구서를 읽은 뒤 나는 이 근본적인 차이가 어디에서 비롯되었는지 알게 되었다. 연구에서 무엇보다 비중 있게 다룬 것은 학습 이론의 중요성이었다. '학습 이론'이란 학습이 어떻게 작동하는지에 대해 한 사람이 가지고 있는 생각을 말한다. 교사들은 학습 이론에 대해 당연히 강한 확신을 가지고 있다. 그런데 그 확신이 종종 무의식적이고, 유행을 따르고, 성찰을 거치지 않고, 검증되지 않은 경우가 많다. 학습 이론은 교사의 수업 방식에 결정적인 영향을 주기 때문에 특히 검증이 중요하다. 그 이론이 날마다 잘못된 견해를 따르고 있다면 어떻게 되겠는가?

뉴질랜드 학자들에 따르면, 아이들은 스스로 성장하며 뭔가를 배울 때도 마음의 준비가 돼 있어야 가능하다는 믿음이 사람들 사이에 널리 퍼져 있다. 마치 풀이 제 속도대로 자라는 것처럼 말이다. 이 이론에 바탕을 둔 교육의 사례는 독일의 주간 놀이방에서 볼 수 있다. 많은 연구자들이 지난 몇 년간 열린 교육의 개념을 도입했다. 다시 말해 놀이방에는 고정된 주간 프로그램이더는 없으며, 3세 아동은 아침마다 자신이 무슨 놀이를 하고 싶은지 스스로 결정한다. 교육자는 개입하지 않는다. 그들은 아이

스스로가 무엇이 자신에게 좋은지를 가장 잘 안다고 생각한다.

　뉴질랜드 학자들은 이 이론이 과연 성공적일지 회의적이다. 이들의 논거는 이렇다. 아이가 저한테 필요한 것을 알아낼 거라고 믿는 사람은 아이에게 중요한 자극을 주지 않을 위험이 있고, 아이에게 새로운 것을 보여주는 걸 소홀히 한다. 그렇기 때문에 그들은 교사들이 가지고 있는 무의식적인 도그마를 조심스럽게 표면으로 끌어올리는 게 뉴질랜드 조정관의 주요 업무라고 보며, 그 도그마를 평가하는 게 아니라 검증하는 게 중요하다고 생각한다. 한 조정관이 학생들의 발달에 거의 영향을 주지 않으려는 교사를 다른 학교로 데려가 그곳에서 동료 교사의 수업을 참관하게 했다. 동료 교사는 대단히 적극적으로 수업에 개입하고 학생들을 계속 자극했다. 수업을 참관한 교사는 당혹스런 반응을 보였다. 나중에 그녀가 말했다. "제가 아이들에게 너무 낮은 기대치를 갖고 있었어요. 저는 아이들이 너무 어리니까 한 문장짜리 텍스트만 쓸 수 있을 거라 생각했어요. 그러나 이 학교에 와서 아이들이 저렇게 긴 글을 쓰는 걸 보니, 제가 가르치는 학생들도 할 수 있겠다는 생각이 들어요." 그녀는 이 경험 이후로 자신의 직업에 훨씬 만족하게 되었다는 말도 했다.

　1960년대에 미국의 심리학자 마틴 셀리그먼(Martin Seligman)은 '학습된 무기력'이라는 용어를 만들었다. 자신의 행동이 아무 효과를 내지 못하는 것을 자주 경험할 때 생기는 감정을 '학습된 무기력'이라고 한다. 셀리그먼은 이 경험이 우울증의 주요 원인이라고 보았다. 1970년대에 앨버트 밴듀라(Albert Bandura)라는 심리학자는 정반대되는 삶의 자세를 기술했다. 자신의 행동으로 뭔가를 이룰 수 있다는 확신이었다. 그는 이것을 '지각된 자기 효능감'이라고 했다.

내가 조사를 하는 동안 감탄했던 많은 것들은 교사들이 연수에서 배운 것들이었다. 예를 들어 내로 넥의 교사들은 나쁜 점을 비판하기보다 좋은 점을 칭찬하라고 배운다. 그들은 6개월 동안 계속 워크숍, 시범 수업, 긍정 교육학을 주제로 한 토론에 참여했다. 그 밖에 내가 뉴질랜드에서 만나본 모든 교사들은 대단히 높은 자기 효능감을 가지고 있었다. 이것 역시 우연에 따른 개인의 특성이 아니라 뚜렷한 목표 의식을 가지고 지원한 결과였다.

이러한 지원으로 자신에 대한 믿음을 갖게 된 뉴질랜드 교육자들은 더 나은 교사가 될 뿐만 아니라 행복한 교사가 된다. 아이들의 삶에 변화를 가져올 수 있다는 자신의 직업에 대한 자신감이 충만해지기 때문이다. 내가 내로 넥 학교의 교감 선생님에게 물었다. 아이들이 가정환경에 큰 영향을 받는 것에 가끔 좌절하지 않느냐고. 그녀는 놀라서 고개를 젓고는 이렇게 말했다. "저는 전혀 그렇게 느끼지 않아요. 저는 제가 교사로서 학생들과 함께 성취할 수 있는 것에 온전히 집중합니다."

18
나 홀로 숲에서

오클랜드에 있는 여학교의 일반 공개일이다. 멋지게 차려 입은 학부모와 아이들이 목재 패널로 장식된 강당에서 긴 나무 의자에 앉아 나지막하게 귓속말로 이야기를 나눈다. 우리가 있는 곳은, 이 신생 국가의 입장에서 보면, 유구한 전통을 자랑하는 학교다. 그래서 나는 지금 연단에 올라가는 교장 선생님이 흔히 들을 수 있는 관례적인 연설을 하고 학교의 지속적인 발전을 다짐할 거라고 예상했다. 처음엔 내 생각이 맞는 듯했다. 교장 선생님은 학교가 설립되던 시기인 1903년에 여자아이에게 폭넓은 교육을 허락하는 것은 상당히 드문 일이었다는 말로 연설을 시작한다. 학부모들이 웃는다. 지금 교장 선생님이 하는 이야기가 마음에 드나 보다. 교장 선생님이 학생들과 통가리로 산맥을 횡단한 이야기를 들려준다. 그녀가 걷다가 너무 힘이 빠지는 바람에 역할을 뒤바꾸어, 여학생들이 교장 선생님에게 용기를 북돋아주었다("기운 내세요! 선생님은 할 수 있어요!")고 하자, 몇몇 학부모가 크게 소리 내어 웃는다. 교장 선생님은 웃음이 그칠 때까지 잠시 기다렸다가 이제 미래 세대는 믿을 수 없을 정도로 많은 일을 해야 한다고 말한다. "큰 변화가 다가오고 있습니다." 뉴질랜드의 많은 회사와 사람들에게 돈을 벌게 해준 유제품은 머잖아 유전자 실험실에서 생산될 것이고 고기도 같은 운명에 처할 것이라고 한다. 교장 선생님은 앞으로 닥칠 수 있는 변화를 하나씩 열거한 뒤 다음과 같이 말한다. "우리가 대비해야 할 게 하나 있습니다. 과거에 비해 지금은 미래가 훨씬 빨리 다가올 것입니다." 연설을 들으며 편안히 과거에 대한 회상에 잠기려던 몇몇 학부모들은 늦어도 이 대목에 이르자 앉은 자리에서 가만히 있지를 못하고 좌불안석이 된다.

그날 오후 나는 교장 선생님을 그녀의 집무실에서 만난다. 책상 위에는 학생들이 3D 프린터로 만들어준 빨간 꽃병이 놓여 있다. 연설이 잠을 깨우는 알람음 같았다고 하자 교장 선생님이 웃는다. "이제 우리는 어마어마한 변혁을 맞이할 거예요. 그건 무시할 수 없는 흐름이에요. 저는 이곳에 이러한 변화를 낙관적으로 맞이할 수 있는 장소를 만드는 게 제 임무라고 생각해요." 최근에 뉴질랜드의 화학자 마거릿 브림블(Margaret Brimble)이 학교를 방문했다고 한다. 그녀는 조류(藻類)에서 얻은 생리 활성

물질을 암 치료에 이용하는 방법을 연구한다. 국제적인 상도 많이 받았다. 브림블은 이 학교 출신이다. "브림블의 방문이 수업하는 것보다 중요했어요." 교장 선생님도 생화학자로 유엔의 발전 프로그램에 참여했다. 이런 여성이 학교를 이끌어나가겠다는 소망을 가졌다는 건 뉴질랜드의 교육 시스템이 어떤 발전 가능성을 제시하는지를 보여준다. 교장 선생님의 말이 나를 감동시킨다. 그러나 내가 뉴질랜드에서 만났던 많은 사람들이 비슷한 생각을 가지고 있다는 게 더 인상적이다. 또 다른 교장 선생님은 내게 이런 말을 했다. "요즘 세상에 인터넷에서도 얻을 수 있는 지식을 아이들 머릿속에 한가득 주입하는 것보다 더 무의미한 건 없어요. 오히려 그 모든 정보를 분류하고 이용하는 법을 알려주어야 합니다."

산업혁명 이후 학교는 컨베이어 벨트처럼 돌아갔다. 아이들은 부품처럼 갈수록 많은 지식을 장착했다. 모든 것이 차곡차곡 쌓여 만들어지기 때문에 어느 한 단계라도 빠뜨려서는 안 되었다. 중간에 품질 검사가 실시되면서 아이들은 각각 주어진 과제를 수행하고 시험을 보았다. 그리고 때가 되면 과제를 마친 아이들이 직업을 찾아 컨베이어 벨트를 떠났다.

아이가 2050년을 잘 살아가려면 무엇을 배워야 하는지 지금은 아무도 정확히 모른다. 그러나 인공 지능과 신기술은 분명히 많은 것을 변화시키고 인간이 하던 많은 일을 대신 할 것이다.

그래서 순수하게 인간이 할 수 있는 것을 발전시키는 게 중요해질 것이다. 존경, 공감, 자신감. 자신의 맹점을 파악하고 가치를 중시하는 성숙한 판단력. 그리고 상상력 같은 것들이다. 화산 폭발을 두려워하는 사람도 있지만, 폭발 너머에 자연의 러브 스토리가 숨어 있다고 상상하는 사람도 있을 것이다.

우리는 오늘날 난제(難題)의 시대에 살고 있다. 난제의 특징은 많은 인물이 관련돼 있고 양립할 수 없는 욕구와 불투명한 상호 작용이 존재한다는 것이다. 이는 꽤 많은 사람들을 지치게 하여 결국 간단한 해결책을 찾게 만든다. 명확한 입장, 옳고 그름, 예와 아니요는 처음엔 안심이 되는 것 같아도 장기적으로는 사회를 분열시킨다. 난제에서는 100% 확실한 해법이란 건 환상이다. 가능한 건 투박한 해결책뿐이다. 모든 관련자들의 관점을 통합하고, 고집을 부리지 않고, 문제에 대한 답을 끊임없이 개선해나가는 것이다.

뉴질랜드 교사들은 확고한 목표 의식 아래 여기에 필요한 정신적 유연성을 학생들과 함께 훈련한다. 예를 들어 어느 학급에서 와이탕이 조약이 체결된 날을 공휴일로 놔두어야 하는지를 놓고 토론한다. 교실 한쪽에는 찬성하는 아이들이 모여 있고 다른 한쪽에는 공휴일 지정 폐지를 원하는 아이들이 있다. 반대편의 논증에 설득력이 있다고 생각할 때마다 아이들은 진영을 바꾼다. 사고의 흐름을 몸으로 체험하면서 아이들은 자신의 사고가 흔히 생각하듯이 그렇게 경직되지 않았다는 것을 순수하게 신체적으로도 깨닫는다. 또 다른 학교에서는 교사가 아이들에게 세분화된 답변이 나올 만한 질문을 던져서 올바른 답은 하나뿐이라는 경직된 사고를 버리게 하려고 노력한다. 예를 들어보자. 정원사가 진딧물을 모조리 죽여버리는 스프레이를 사용하면 무슨 일이 벌어질까? 진딧물은 거미의 먹이이니까 거미들이 굶어 죽는다는 게 한 가지 가능성이다. 다른 가능성도 있다. 거미는 진딧물 대신 말벌을 잡아먹을 테니 살아남을 것이다. 첫째 사례에서 말벌의 수는 크게 늘어나고 둘째 사례에서는 줄어들 것이다. 두 개의 시나리오는 다시 일정한 결과를 초래하면서 결국엔 다양한 가능성을 나타내는 수형도가 탄생해 복잡한 사고가 어떻게 작동하는지 보여준다.

뉴질랜드 학교 교사들은 21세기를 위한 대비를 중요하게 다루면서도 현대적 기술에 대해서는 놀랍게도 거의 언급하지 않는다. 현대적 기술을 사용할 필요가 있다면, 그저 사용할 뿐이다. 학생들은 어느 날에는 태블릿으로 공부하고 어느 날에는 종이와 연필과 풀을 가지고 학습한다. 파워포인트로 발표하는 방법을 알기 위해 인터넷을 들여다보기도 하지만, 결국엔 포스터 작성을 선호할 때도 있다. 이러한 태도는 어른들한테서도 관찰된다. 내가 아는 뉴질랜드 사람들에게 페이스북은 히스테리성 토론을 하는 매체가 아니라, 가령 해변에서 발견한 플립플롭의 주인을 찾아주려고 사진을 찍어 올리는 지역 네트워크다. 학교에서 행사를 할 때 사진을 찍는 사람은 나 혼자였다. 뉴질랜드 학부모들은 휴대폰을 주머니에 넣어 두고 눈으로 구경한다.

잿빛 오후. 이슬비가 내린다. 우리는 곧 뉴질랜드를 떠난다. 나는 오클랜드로 가는 연락선에 들어가 앉는다. 우리가 계속 뉴질랜드에 머물게 되면 내 딸들은 어떻게 될지 가끔 생각해본다. 내가 이날 만나기로 약속한 사람은 어떻게 보면 우리 식구는 겪지 못할 미래와의 만남이다. 오클랜드 시 북쪽에 있는 카페에서 나는 18세의 줄리아를 만난다. 그녀는 몇 달 전 대학입학 자격시험인 아비투어를 치렀다. 줄리아는 '교실 밖 교육(Education outside the classroom)'이라는 과목을 가장 좋아했다. 공부를 실생활과 접목하는 과목이다. 예를 들면 원거리 트래킹을 떠나기 전에 학생들은 먼저 독도법을 익힌다. 요트 여행을 하기 전에는 직접 메뉴를 짜면서 열심히 영양과 음식을 공부한다. 산악자전거를 탄 뒤엔 뉴턴의 법칙을 공부한다. 일정한 속도로 운행하는 것보다 출발할 때 왜 힘이 더 드는지를 설명해주기 때문이다.

많은 학교에 개설되어 있는 '교실 밖 교육' 과목이 신체 단련과 지식 습득에만 치중했다면 뉴질랜드의 대표적인 과목이 되지 못했을 것이다. 이 과목은 그 이상의 것, 즉 하우오라 (Hauora)를 지향한다. 마오리 말로 신체적·정서적·사회적·영적인 행복, 다시 말해 통합적인 행복을 의미한다. 줄리아는 17세

이던 12학년 때 이틀 낮과 밤을 숲에서 보냈다. 필요한 최소한의 것만 가지고 완전한 고독 속에서 지냈다. 줄리아의 '나 홀로 캠프(Solo Camp)'였다. "그것이 제 학창 시절의 정점이었어요." 줄리아가 내게 말한다.

"스스로 견디는 법을 배우는 것이 아이들에게 가장 중요합니다." 줄리아의 '나 홀로 캠프'를 감독한 교사의 말이다. 최근 그는 15~16세 학생들과 요트 항해를 떠나 아이들을 몇 시간 동안 작은 섬에 남겨두었다. 그러나 '서바이벌' 게임은 아니었다. 아이들은 거미를 먹거나 밧줄을 타고 동굴로 내려가지 않았다. 그보다 훨씬 힘든 것을 해야 했다. 그것은 혼자 있기였다. 나 홀로 캠프는 12학년생들만을 대상으로 한다. 선생님은 사전에 큰 숲을 소유한 농부에게 아무도 숲을 돌아다니지 않게 하겠다는 약속을 받는다. 간간이 암소만 지나가는 곳이다. 줄리아의 나 홀로 캠프가 시작되기 전 금요일 아침에 선생님은 숲을 다니며 각 야영지를 작은 모자로 표시한다. 학생들이 서로 보지도 못하고 듣지도 못하도록 야영지 간의 간격을 되도록 크게 벌린다. 그리고 줄리아를 포함한 22명의 학생들을 오클랜드에서 데리고 온다. 아이들이 가져올 수 있는 건 엄격하게 제한된다. 당근 2개, 사과 2개, 뮈슬리 바 2개, 호두와 건포도가 든 과자, 식수, 갈아입을 속옷, 10 x 10 m 크기의 오렌지색 방수포, 침낭, 비상용 호루라기가 전부다. 더 중요한 건 가지고 오면 안 되는 물건들이다. 휴대폰, 책, 음악 감상 기기, 시계다. 시간은 해가 뜬 상태를 보고 알아야 한다. 뛰어다니지도, 어디를 기어오르지도 말고 조용히 생각에 잠겨 명상해야 한다. 단 한 가지 기분 전환의 도구는 선생님이 학생들을 위해 만든 책이다. 자기 자신을 넘어선 사람들에 관한 이야기가 쓰여 있고 빈 페이지도 있다. 거기엔 이런 질문이 적혀 있다. "네가 고마움을 표시하고 싶은 사람은?" "너에게 큰 영향을 준 것은?" "6개월이 지난 뒤 네가 있고 싶은 곳은?" 학생들은 숲에서 혼자 48시간을 지내면서 이 질문에 대해 곰곰 생각해야 한다.

금요일 낮에 선생님이 줄리아를 숲속 지정된 자리에 데려다준다. 줄리아는 책을 꼭 껴안고 가져온 방수포로 일종의 텐트를 친다. 연달아 두 번 친다. 첫 번째는 먼 곳이 조망되는 근사한 자리이고 두 번째는 나무 아래 아늑한 곳이다. "저는 결정하는 게 힘들어요." 줄리아는 나무 아래에 치기로 한다. 저녁에 선생님이 들른다. 선생님은 줄리아가 볼 수는 있지만 대화는 할 수 없는 조금 떨어진 곳에 서 있다. 미리 약속한 대로 줄리아는 선생님에게 현재 상황을 손으로 알린다. 열 손가락을 펴든다. 모든 게 최고라는 뜻이다. 손가락을 2개 미만으로 들면 나중에 선생님이 한 번 더 들른다. 몇 년 전 한 남학생이 너무 겁을 집어먹은 탓에 선생님이 30m 떨어진 곳에 텐트를 치고 지내면서 남학생의 외로움을 달래주었다. 중간에 그만둔 학생은 아직 없다. "아이들은 숲에서 지내면서 제 마음속에 무엇이 들어 있는지를 알게 되지요." 선생님이 말한다.

줄리아는 숲에서 보낸 첫날 저녁에 아주 늦게 잠자리에 들었다. 밤중에 절대로 깨고 싶지 않아서다. 토요일 아침에 선생님은 숲을 다시 한 바퀴 돌고 토요일 저녁에 마지막으로 다녀간다. "둘째 날 밤을 첫째 날 밤보다 더 힘들어하는 아이들이 많아요." 선생님이 말한다. 줄리아도 마찬가지였다. 하필 자신이 두려워했던 일이 일어나 더 힘들었다. 줄리아는 한밤중에 깼다. 화장실을 가야 했지만 밖으로 나갈 용기가 나지 않았다. 그렇다고 다시 잠이 든 것도 아니었다. 그렇게 몇 시간을 텐트에서 뜬 눈으로 누워 있었다. 주변은 온통 시커먼 어둠이었다. 줄리아가 말한다. "이따금 호루라기를 불었죠. 그랬더니 조금 안심이 되었어요." 바깥 어두운 곳 어딘가에 다른 아이들도 있다고 생각하며 힘을 냈다. 헤 와카 에케 노아. '우리는 함께한다.' '우리는 함께 헤쳐나간다.'라는 뜻이다.

물론 나 홀로 캠프가 충분한 깨달음을 얻게 해주지는 않았다고 줄리아는 말한다. 그때 숲에서 많은 고민을 했는데도 훗날 자신이 무엇이 되고 싶은지 여전히 모르겠다고 한다. 교사나 조종사를 생각하고 있기는 하다. 그런데 이제 두려움 같은 건 전혀 없다고 한다. "그래도 뭔가가 두려울 때면 혼자 다음과 같이 중얼거려요. 48시간을 혼자 숲에서 견딜 수 있다면 지금 이것도 해낼 수 있어."

*

우리가 떠날 날이 가까워온다. 큰딸이 받은 명랑 표창장과 작은딸의 퍼블리싱 북 등 모든 걸 트렁크에 넣는다. 베를린에 도착한다. 여름이다. 도착하고 일주일 동안 새벽 두 시가 되면 자명종이 울렸다. 큰딸이 내로 넥의 친구들과 같은 시각에 춤을 추려고 그렇게 맞춰놓았다. 뉴질랜드에 있는 반 친구들이 작고 파란 목조 건물이 있는 넓은 풀밭에서 춤을 추는 동안 내 딸은 잠에 취한 얼굴로 베를린에 있는 우리 집 복도에서 몸을 움직인다. 딸은 곧 학급 대표를 뽑는 선거에 출마한다. 담임 선생님이 딸에게 어떤 공약을 내걸지 적으라고 한다. 딸의 공약은 내로 넥 학교에 부치는 송가처럼 읽힌다. "다음과 같은 것들이 있으면 좋을 것 같아요." 이런 문장으로 시작한 딸이 공약을 열거한다.

"정원은 어때요?"

"그리고 댄스 그룹은 어때요?"

"그리고 교가는 어때요?"

독일 학교들이 뉴질랜드로부터 뭔가를 배운다면 내 딸은 어느 모로 보나 행복한 아이가 될 것이다.

213

DER TANZENDE DIREKTOR. *– Lernen in der besten Schule der Welt*
by Verena Friederike Hasel
ⓒ 2019 by Kein & Aber AG Zurich-Berlin
Korean Translation Copyright ⓒ 2021 by SOLBITKIL
All rights reserved.
The Korean language edition published by arrangement with
Kein & Aber AG through MOMO Agency, Seoul.

1판 1쇄 발행 2021년 12월 20일
지은이 베레나 프리데리케 하젤
옮긴이 이기숙
발행인 도영
표지 디자인 씨오디
내지 디자인 손은실
편집 및 교정 교열 하서린, 김미숙
발행처 솔빛길 등록 2012-000052
주소 서울시 마포구 동교로 142, 5층(서교동)
전화 02) 909-5517
팩스 02) 6013-9348, 0505) 300-9348
이메일 anemone70@hanmail.net
copyright ⓒ Verena Friederike Hasel
ISBN 978-89-98120-77-1 03850

＊책값은 뒤표지에 있습니다.